Título
Dominando Susan
Primeira Parte
(Dominación Erótica)
Por
Erika Sanders
Serie
Dominando Susan Vol. 1 a 5

Sinopse

Susan, despois de rematar a universidade, vai ao seu primeiro traballo, un traballo proporcionado por un amigo da familia, Robert, que sempre tivo un desexo especial pola filla do seu amigo.

Este desexo especial é traer a Susan baixo o seu dominio ...

Esta publicación contén unha serie con forte contido erótico BDSM, onde relato as aventuras de Susan no seu lado de presentación.

Novas de BDSM romántico e erótico de alto contido.

Contén os seguintes volumes:

1 - O novo traballo

2 - As normas

3 - Novo xoguete

4 - A sala dos castigos

5 - Encontro cos mestres

Nota sobre a autora:

Erika Sanders é unha escritora coñecida internacionalmente que asina os seus escritos máis eróticos, lonxe da súa prosa habitual, co seu nome de solteira.

Índice:

DOMINANDO SUSAN
PRIMEIRA PARTE
(DOMINACIÓN EROTICA)
DE
ERIKA SANDERS

PRÓLOGO

Robert é un empresario maduro de éxito, casado cun fillo da mesma idade que Susan.

As súas familias foron amigas íntimas desde hai moitos anos e el víraa converterse nunha muller nova e encantadora.

Sempre amosara unha amizade aberta coa moza e, co paso dos anos, fíxolle consciente da súa afección por ela.

En segredo, a súa relación amigable e o seu agarimo pola moza ocultaban os seus moitos desexos escuros, sen ningunha posibilidade de facelos realidade.

A súa total submisión a el era o único soño, nos seus pensamentos máis escuros e que desexaba que se fixera realidade.

Susan é unha rapaza, recén licenciada, cun título de empresa na man e con moitas ganas de experimentar o mundo.

A piques de comezar o seu primeiro traballo real, un posto ofrecido por Robert, un amigo da familia, por respecto ao seu pai e recoñecemento das súas habilidades.

Pero tamén, sen sabelo, alimentado polo seu desexo de posuíla.

É unha rapaza simpática, sensual pero doce que tivo ao mesmo mozo, Peter, desde o seu primeiro ano de universidade.

Son aventureiros, pero nunca molestan o seu mundo.

Ela sabe o que quere ou cre que sabe, pero realmente é bastante obediente a deixar que os demais a guíen polos camiños da súa vida.

O NOVO TRABALLO

Ponse diante do edificio, cos ollos fixados na fachada de cristal e aceiro.

Vexa como todos e todas os homes e mulleres ben preparados entran e saen da entrada.

Mira o seu propio traxe de saia curta, leva o ritmo e entra.

Séntese pequena e algo intimidada por homes que se elevan por riba dos seus cinco metros cando sube ao ascensor e entra no negocio do seu novo empresario.

Mirando ao redor, veo na recepción falando cunha muller loira bomba e rindo coquetamente, o seu sorriso iluminando o seu rostro cando se volve cara a ela.

Ela ruborízase sen saber por que e avanza cara a el cos tacóns premendo no chan de baldosas.

O seu brazo rodéalle os ombros de forma protectora mentres a presenta á moza da mesa.

"Anne, esta é a miña pequena Susy!"

Ela ruboriza, despois endereita e estende a man.

"Ola, en realidade chámome Susan, estou encantada de coñecerte".

El diríxea coa man constante no ombreiro a varios departamentos e outros executivos.

Preséntaa como Susan, pola que está agradecida e que quere poñer os seus mellores xeitos neste mundo de gran rivalidade.

Permanece preto del durante toda a mañá tratando de memorizar unha gran variedade de nomes antes de que finalmente a leve á súa oficina.

Móstralle o escritorio da antesala que será o seu a maior parte do tempo que está aquí.

Deixa a bolsa e pasa os dedos suavemente sobre os mobles ben escollidos.

É levada ao seu despacho onde sinala os opulentos mobles escuros, todo de coiro e caoba.

"E aquí é onde traballo".

Deixándoa ao carón por primeira vez, sente no seu escritorio.

Séntese estrañamente soa de pé nesta gran oficina diante del.

Tomando algunhas claves, segue falando:

"Á esquerda, detrás da sala de lecer, atoparás unha porta a unha pequena cociña. Isto adoita entreter aos clientes. A neveira do bar sempre debe estar provista do que figura na lista e tamén hai un menú. Debes aprender a cociñar todos os pratos, por se o cociñeiro non está dispoñible. Vou poñelo no teu programa de adestramento. "

Avanzara rapidamente detrás dela empurrándoa cara á porta e abríndoa.

De ollos grandes e con temor ao tamaño da empresa e das oficinas que posuía, o único que pode facer é asentir tontamente.

"Iso será así".

"Si señor", di cun sorriso, pero a severidade da súa voz trémea.

"Sí señor ". Ela responde automaticamente.

Colléndoa polo brazo, sae da cociña e lévaa a outro dormitorio coa porta na mesma parede.

"E este é o meu baño privado, podes usalo, pero só co meu permiso, entendes a Susy?"

Volve asentir sen palabras ante a opulencia deste baño, recuperándose cando o sente endurecer, balbuceando:

"Sí señor".

Sorri coa obediencia dela.

"Usarás o baño dos empregados no corredor se tes necesidades e eu non estou aquí".

Esta vez é máis rápida.

"Sí señor".

Ao outro lado da sala, dous dormitorios similares con portas que che mostra.

"Esta é unha sala de reunións privada", ela bota unha ollada axiña cando el a lanza, "... e aquí descanso se necesito pasar a noite na cidade".

A habitación estaba escura e unha gran cama con dosel e uns estraños bancos asomaban na gran sala.

Apenas tivo tempo de sentilo antes de pecharlle a porta.

Lévana de volta ao escritorio, acende o ordenador e móstralle o servizo de mensaxería persoal desde a súa oficina ao ordenador que sempre debería estar aceso e aberto.

Contento co "Si señor" adecuado nos momentos adecuados e a súa inclinación natural a ser útil, déixaa no escritorio para familiarizarse co seu novo entorno.

Proba a súa atención enviando pequenas mensaxes instantáneas e sorríndolle as súas respostas inmediatas mentres le as tarefas e as diferentes horas das que se queixaba na mesa.

A OCUPACIÓN REAL

Foi paciente e amable cando coñeceu o seu novo traballo na súa compañía.

Falaba con ela a través da pantalla de mensaxería instantánea cando non estaba en reunións ou fóra da empresa, preguntándolle sobre a súa familia, amigos, como ían as cousas co seu mozo, facéndoa sentir coma ela Ves o teu amor e verdadeiro interese pola súa vida.

Durante as ocupadas primeiras semanas do seu adestramento, tomou o tempo para consultala e axustar o seu horario se fose necesario, converténdose no seu mentor, o seu amigo e, ás veces, unha figura paterna severa.

Bromeaba con ela, xogaba e conversaba amablemente.

As conversas foron gradualmente máis íntimas a medida que pasaba o tempo.

Xogaban á verdade ou atrevíanse a miúdo no ordenador e no xogo as súas preguntas facíanse máis persoais e directas.

Despois detívose mentres lía a súa última resposta.

Agardara que pasase algo así, pero nunca esperaba que acontecera.

Aquí xogaba a verdade e aquí tiña a oportunidade de atreverse con ela de novo.

Ela sempre escolleu a verdade ... e só confesou unha azoutada do seu mozo e que lle gustou.

Con iso, ía comezar a facer realidade o seu soño.

Ela sabía que probablemente nunca volvería a xogar con el e case retrocedeu, pensando que quería parar, ou peor aínda, dicirlle a alguén da compañía e despois á súa familia.

Non obstante, tivo que seguir adiante.

O seu desexo de longo tempo levouno e comezou a escribir.

Ela non escollera atreverse, pero el continuou escribindo ...

* * *

"Atrévome a deixarme golpearte, Susy".

Mirou, non podía crer o que estaba lendo.

Aproximárase a el, adorábao e a forma en que o coidaba e facíaa sentir tan especial, case coma o seu pai.

Quizais volvía bromear con ela, sen crer no que lle dixera sobre a súa cita a noite anterior.

A súa mente corría ao pensar como se sentira azoutada polo seu mozo e agachouse no asento cando se decatou de que necesitaba responder.

Mirou a pantalla, o cadro de mensaxes en branco, por agora, á espera da súa resposta.

* * *

Comezou a flipar, pero logo viu que escribía.

O seu corazón latexaba rápido e entrou en pánico antes de que finalmente vise o que escribía.

"Sí señor."

Escribiu rapidamente, empurrándoa e a súa sorte a actuar:

"Entón entra no meu despacho e pecha a porta. Cando entres no meu despacho cumprirás todas as miñas ordes, mentirás no colo sen falar e someterásche ao azote".

* * *

Parpadeou ante a súa resposta.

Este xogo estaba a ser serio, pero só era un xogo, non?

Estaba a probala?

¿Debo volver?

Ambos estaban nerviosos e tensos polas súas propias razóns, pegados á pantalla do ordenador.

Non quería ser a primeira en dar marcha atrás e que a provocase.

Ela escribiu:

"Sí señor".

***

"Entón veña ao meu despacho, Susy, e pecha a porta."

Non houbo resposta, pero entrou no seu despacho e pechou a porta coma un coello asustado, incrédula do que acababa de aceptar, pensando que aínda xogaba con ela.

Sentou aparentemente inmóbil cando o seu corpo doía por ela, vendo o medo, a confusión e a calor nos seus ollos que a mantiñan.

"O meu colo está esperando"

Ela deu un paso adiante e el levantou a man, parou a medio paso.

"Acordaches obedecerme a entrar nesta habitación, non si?"

Visiblemente tremendo, ela murmurou:

"Sí señor".

Sinalou o chan, estaba enfadado e rosmou,

"Arrastra cara a min".

Vía como as emocións xogaban na súa cara, a desgana, o medo, o medo, a emoción e finalmente a submisión.

Deixou escapar o alento que contiña mentres observaba o comezo do seu soño como o seu pequeno corpo caía de xeonllos e logo nas súas mans cando comezaba a arrastrarse cara a el.

Sentiu como o seu pene se contraía ao velo.

Foi o seu por fin, aínda que só fose por esta tarde.

***

Non podía crer que facía isto, este home que coñecera toda a vida estaba a piques de azotala.

O xogo fora demasiado lonxe, pero por que non o detivo?

¡Entende que o quería!

Oh Deus, quería que el?

¿Pasou algo con ela?

Por que se sentiu así?

Os seus ollos fixáronse no seu forte corpo na súa cadeira grande cando alcanzaba os seus pés e escorregando coma unha serpe moveuse no colo.

Sabía que estaba mal, pero non puido evitalo.

Sen palabras, sen discusión, sen acariñala por ser unha boa rapaza, a súa man golpeouna duramente no cu, e ela berrou.

* * *

Mirou ao fermoso anxo que se arrastraba cara a el, coa mente dirixíndose aos lugares máis escuros e tendo que retroceder, tan novo e impresionable que non se decatou do seu valor.

Usou toda a súa vontade para permanecer impasible mentres ela se desliza sobre o seu colo, seguro de que pode sentir esta dureza no estómago mentres levanta a saia, revelando un tanga rosa, levanta a man e golpea con todas as súas forzas. .

Se só por iso unha vez o gozou.

Vexa como os seus tensos músculos se ondulan baixo o ataque e as súas pegadas de man brillan de vermello sobre a súa pel branca.

Ela chilla e suspira:

"Ohhhhh thatooo hurtsleeeeee".

Ela xira e torce as pernas pateando mentres el a azouta de novo profundamente.

* * *

Perde a pista das azoutas mentres a dor enche o seu pequeno corpo e a quenta.

Ela nota a calor que comeza no seu coño pequeno e a humidade das coxas mentres a azouta.

Perdida na súa calor e necesidade de berrar, as bágoas cheas das meixelas.

* * *

A súa man queda entumecida mentres a azouta saboreando a tensión dos seus músculos duros, os seus berros e súplicas para que deixe de azotalo mentres pinta o seu pequeno cu de vermello brillante.

Detense cando a ve mollada entre as pernas, incriblemente, co pequeno corpo tiroteando no colo.

* * *

A súa mente encerrouse no poder deste home mentres xade e berra.

Mentres el segue azoutándoa con forza e rapidez, o seu corpo apodérase mentres a súa mente avanza, sente a calor e a necesidade reprimida dun mozo excesivamente inepto e perdida na sensación de que vén, se pon duro e o seu orgasmo. Chégalle ás coxas con esta sinxela nalgada.

Ela sente que el se para e morre dentro.

A súa vergoña énchea mentres treme no colo, suspirando e saloucando.

A calor do seu rubor encheulle a cara, tan avergoñada, como puido facelo?

* * *

El sorrí vendo como a cara se ruborizaba de vergoña, manténdoa no seu sitio, sabendo que este é o seu momento.

"Para a próxima semana converteráste no meu escravo. Esta será a túa ocupación real. Obedecerásme en todo o que che mando. Estarás á vista en todo momento e pedirás o meu permiso para marchar se é necesario, aínda que só sexa para vai ao baño. Posuireite e me obedecerás. Ao cabo dunha semana falaremos disto de novo".

***

Deitada no seu colo sentindo o orgasmo da súa azotada, ela escoita as súas palabras.

É unha afirmación, non unha pregunta.

Decátase de que non lle deu opcións.

Inclina a cabeza avergoñada, tremendo polo que acaba de facer.

E ela xeme:

"Sí señor"

ACEPTANDO A SITUACIÓN

"O teu escravo durante unha semana".

Non podía ser unha mala semana xa que sempre a tratara coma unha princesa.

Mesmo despois do seu duro tempo de hai uns minutos e da súa solicitude de obediencia total durante unha semana, el a recollera, enxugara as bágoas e a mandara ao seu baño privado para que limpase.

Puxo diante do espello revivindo a súa vergoña, era unha rapaza mala e agora Robert sabíao.

Carallo!

Mordeu o beizo, preguntándose se el gardaría todo isto en segredo mentres xogaba ao seu xogo.

Porque era un xogo, non?

Saíu do baño, a cara xa non se reflectía no que acababa de ocorrer coa culata avermellada sendo a única evidencia externa diso.

Camiñou cara a el sentindo que o rostro se ruborizaba de novo e el entregoulle a tanga empapada de semen.

"Ok, moi ben. Non obstante, os dous temos xente que amamos, e foi divertido, pero non quero que ningún dos dous saiba ..."

Ao vela como se ruborizaba e escoitaba a auto-recriminación da súa voz, interrompeuna premendo a súa vantaxe:

"Que me deixaches golpear ata alcanzar o orgasmo? Que aceptaches escravizarme durante nada menos que unha semana? Meu doce Susy, es unha cadela moi traviesa!"

Observouna pálida na última palabra ata que baixou a cabeza para mirar os pés.

Diante dela, levantou o queixo, sostendo a correa rosa diante dela, e el sorriu.

"Entende que tampouco quero ferir ás nosas familias. Pero a partir de agora chamarasme Mestre cando esteamos sós. Eu, a miña doce nena, son mestre e como tal necesito un escravo. Unha semana aquí no traballo e ao final do a semana volveremos falar e veremos como seguiremos dende alí ".

Con iso, meteu a tanga no peto e volveu á mesa.

Levantándolle un sobre, atopouse cos seus ollos curiosos.

"Esta é unha lista das regras que debes seguir durante a semana. Podes ir a casa agora e estudala alí. Ven mañá cedo, temos moito que facer. Vémonos ás sete da mañá".

Levantouse e bicoulle a meixela suavemente, saíu da oficina e rematou o día.

Cando se achegaba para bicalo escoitoulle murmurar: "Si, mestre", o que o fixo sorrir amplamente.

AS NORMAS

Esa noite deitouse na cama lendo as súas instrucións da semana e negando coa cabeza.

Parecíalle moi incómodo, pero por algunha razón non puido dicir que non.

Pero debería dicir que non.

Tiña razón, ela era unha puta.

Quixera sentilo como a golpeaba.

O seu mozo era doce, pero nunca puido azotala coma Robert.

Sentira o seu duro galo presionado contra a barriga, mentalmente considerando o seu tamaño e forma.

O seu noivo palideceu en comparación coa súa imaxinación.

Quedou durmida revivindo as azoutas e pensando na semana que tiña por diante, coa man pegada entre as pernas conseguindo o seu segundo orgasmo do día.

***

Espertou cedo para ducharme.

Afeitouno todo como se indica nas regras e vestiuse con coidado.

O seu cabelo estaba atado nunha cola de cabalo ben feita.

E vestiuse cunha camisola baixo a blusa no canto dun sutiã, agradecida polos seus alegres peitos e pasou as bragas baixo o traxe de saia curta.

Coa maquillaxe que se lle indicou, colleu o bolso e saíu correndo pola porta xusto a tempo para coller o autobús que funcionaba pronto para ir ao traballo.

A ausencia de que o tráfico habitual pola mañá fose tan cedo fixo que o edificio semellase estrañamente deserto cando chegou, pensou cando subía ao ascensor.

Cando entrou no silencioso despacho, sorprendeu ver as luces acesas e que el xa estaba alí.

Trasladouse ao escritorio e en breve mandoulle un mensaje de texto: "Bos días, mestre", para avisarlle da súa chegada.

* * *

Mirou o reloxo e sorriu.

Xusto a tempo.

Pasara a noite planificando a próxima semana.

A recompensa dos anos acumulados nos que necesitaba posuír a esta fermosa rapaza que tanto o obsesionaba.

Necesitaba que aceptase o seu novo papel, que escravizase o corpo e a alma, e só lle quedou unha semana.

Tiña planeado toda a noite antes de decidir o seu seguinte movemento.

Sorrindo, escribiu:

"Nena boa, estás aquí a tempo. Veña ao meu despacho, pecha a porta e espíate. Entón vai ao centro da habitación e espera alí".

* * *

"Si Mestre".

Co corazón latexando, entrou no seu despacho e pechou a porta detrás dela.

Sentindo que os seus ollos a observaban atentamente, volveuse e deu un paso adiante.

Lentamente, retirou cada roupa que levaba e pousouna no chan xunto a ela.

Finalmente espida, colocouse sobre a suave alfombra, no centro da habitación, para estar á súa mercé, o seu escravo.

Ela observouno como se levantaba e se movía da mesa.

El roldaba ao seu redor mentres a miraba, da cabeza aos pés, cada centímetro da pel, sen tocala, pero tan preto que puido sentir a calor do seu corpo na pel de galiña.

De súpeto volveu á súa mesa, díxolle que se vestira e se puxera ao traballo, deixando de prestarlle atención para continuar co seu traballo.

***

Puido ver a súa confusión e decepción cando se vestiu e volveu á mesa.

Sabía que estaba preparada para facer o que decidise, obedecer a súa vontade e moito máis, á súa humillación e vergoña que a fixera xogar ao seu xogo, pero non quería presionar demasiado.

Necesitaba que ela quixera máis, que precisase máis.

Virouse para mirar o réxime de adestramento na mesa.

As súas clases culinarias ían ben.

Á xente da compañía pareceulle gustar.

Tocou o queixo mentres pensaba que quizais lle ordenase unha cea con algúns amigos do club en breve.

Sentou na súa mesa coa mente lembrando a azoutada que lle daba, a polla inchada dela, a man rozándoa contra ela sentindo a excitación, véndoa espida e tan voluntariamente obediente que case lle fixo esquecer os seus plans, a súa luxuria e necesidade. para dominar á moza.

Enviou unha mensaxe instantánea:

"Está masturbándose, Susy?"

Agardou mentres a mensaxe instantánea brillaba na súa mesa.

Podería imaxinala axitándose, apertando a cona ante a pregunta, pero xa confesara moito máis durante os seus xogos.

"Si, Mestre, moitas veces".

Escribiu a seguinte mensaxe escollendo con atención as seguintes palabras, querendo non só xogar con ela senón facelo pensar:

"¿Podería ser que este mozo, ao que non ves moito, non che satisfaga o suficiente, cadela? Quizais esta semana che axude a estar satisfeito".

Con isto pechou a conversa.

***

Na súa mesa, quedou abraiada coa resposta e o peche brusco da conversa, pero seguía reflexionando sobre as súas palabras.

Máis tarde, ocupada no traballo, non se deu conta de que quedara detrás dela ata que a súa man enrolouse no seu ombreiro e descansou no peito dereito.

Inclinouse para sussurrarlle ao oído:

"Estou a ver como a miña cadela traballa duro".

Acariñando o pezón endurecido e escoitando como a respiración se aceleraba, sorriu.

Despois retiroulle a man e saíu do seu despacho antes de dirixirse a ela:

"Xa sabes a Susy, esta será unha semana moi satisfactoria".

***

Mantívoa nerviosa todo o día con pequenas caricias e pequenas bromas que sempre a facían querer máis polos seus movementos inconscientes e ela ruborizábase cada vez máis.

Satisfeito de que espertara a súa necesidade todo o día, quería máis.

Messenger chiscou na mesa.

"Antes de ir hoxe, cadela, aparecerás na miña mesa e pedirás permiso para deixar o meu servizo polo día".

***

"Si Mestre". Escribiu e apresurouse a rematar o que facía e ordenou a mesa.

Estaba un pouco emocionada.

El burlouna todo o día, as bragas estaban húmidas e pegajosas e non podía crer que se sentise tan quente.

Ela ruborizouse sabendo que era a pequena cadela que lle chamaba, pero parece que non podía axudarse a si mesma.

Ela levantouse e entrou no seu despacho, pechando a porta e esperando a que a achegase.

Foi así durante uns minutos, aínda que parecía moito máis longo.

Isto púxoa máis nerviosa ata que a mirou e sinalou unha mancha no chan xunto á súa mesa.

"Aquí, Susy".

Case voou ao lugar querendo estar de novo preto del.

Ao ver o sorriso iluminar o seu rostro pola fame, o seu rubor encheu de novo o rostro.

"Antes de marchar hai outra cousa que debo avaliar". Podía vela tremer lixeiramente mentres ela absorbía as súas palabras. "Sé unha boa puta e inclínate sobre o escritorio que tes diante, Susy"

Vendo a súa mirada de malentendido, non esperou a que se movese, senón que se levantou, colleu o brazo e presionouna para apoiarse na mesa, sen apenas tocar o chan.

Pasando as mans polas coxas estendéndoas amplamente, deu un forte clic na lingua.

"A miña cadela Susy, que estiveches facendo hoxe para mollarte tan?"

Ao escoitala berrar e ver o rubor profundo, el sorriu coa súa reacción.

Fácilmente podería culpar aos seus constantes xogos da súa excitación, pero ela permaneceu en silencio, avergoñada de que a chamase puta.

Pasou os dedos polas bragas de algodón molladas e continuou.

"Que debemos facer cunha cadela tan mollada?"

Enganchando os dedos ás bragas das súas bragas, acariñoulle a fenda mollada, vendo como se axitaba e respiraba despois de todos os xogos aos que a sometía durante o día.

Agarrando o seu clítoris entre o polgar e o índice, apretando lentamente, el rosmou:

"Respondeme, cadela pequena!"

Ao escoitala xemer en voz alta e vela tremer, volveu sorrir.

Presionada contra a mesa, as coxas estendéronse.

Sentiu a súa humillación ante as súas palabras enchéndolle a cara de cor, facéndoa aínda máis mollada.

As súas mans e dedos lúdicos mantivérona nerviosa durante todo o día, o seu pequeno corpo esixente e necesitado do seu tacto.

Agora, a sensación dos seus dedos cando lle acariciaban o coño fixérona mover as cadeiras inconscientemente.

Os seus ollos abriron cando os dedos agarraron e apertaron o seu clítoris e ela xemía forte:

"Si, Mestre, quero dicir, non Mestre, oh, Deus!"

"Xa sabes que facer!" Ela berrou cando lle deu unha forte palmada no cu.

Seguiu apretando causándolle dor no pequeno corpo mentres ela volvía a berrar.

Os seus ollos enchéronse de bágoas cando a golpeou de novo esixindo unha resposta:

"Unha azoutada, mestre!"

Sentiu como o seu clítoris se torcía cando volvía a darlle unha palmada ao cu.

Arqueada de dor, bágoas que fluían polo seu rostro, tiña un orgasmo, berrando a dor e a necesidade.

Retirou a man e mirou á puta, tan contento de que case o suplicase.

Levantouna, bicándolle a cara chorosa, mentres tiraba incontrolablemente nos seus brazos, fregándolle as costas e tranquilizándoa.

Camiñouna ata o baño.

"Arranxa a túa maquillaxe, miña cadela pequena, non queremos que a xente pense que estamos aquí xogando a algo".

Víuna ollar para o seu amplo e burlón sorriso mentres se ruborizaba profundamente e baixaba a cabeza.

***

Mentres se inclinaba para lavarse e arranxar a cara, lembrou como se sentía cando el a tocaba.

A aparente dureza baixo os pantalóns.

A súa mente vagaba con imaxes de como debe ser o seu galo.

Ela estremeceuse.

***

"Xa que es unha rapaza tan desagradable, pero tes a cara dun anxo, levarás bragas molladas, Susy, deixa que a xente se pregunte se o anxo é tan inocente como parece." El deleitouse coa impresionada expresión da súa cara. "Mañá despois de ducharte, quero que escollas as túas bragas favoritas e as poñas sobre esa pequena coña". A súa mente devolveulle o recordo do coño axustado e recén afeitado da inspección da mesma mañá. "Entón, quero que te masturbas ao bordo do orgasmo e despois detés, remates de vestirte e marchas ao traballo. En canto chegues, vén á miña oficina".

Os ollos abríronse, o corazón comezou a latexar freneticamente.

O que pedía era un pouco indignante, pero a cona apretouna e sentiu que escorría aínda máis.

Cunha voz temblorosa respondeu "Si, Mestre".

Mirouna cuns ollos penetrantes facéndoa ruborizar máis.

A súa man rodeouna para tocarlle o coño mollado e cuberto de algodón.

Logo susurrándolle ao oído cun gruñido ameazante:

"E non teñas relacións sexuais co teu mozo desatento esta semana, Susy. Es miña esta semana. ¿Non?"

O seu rostro iluminouse brillantemente mentres murmuraba: "Si, Mestre".

***

Esa noite, durmiu dentro e fóra.

Os seus soños enchéronse del, o seu corpo estaba tan excitado que parecía constantemente mollado e necesitado.

Considerou chamar ao seu mozo.

Como sabería o Mestre se o sabía?

Sabía no fondo que facelo sentiría frustrada e culpable, así que enterrou a cabeza na almofada e intentou volver durmir.

* * *

Á mañá seguinte, despois de longos preparativos, marchou ao traballo, pernas inquedas mentres viaxaba.

Mirou ao seu redor para ver se a xente podía sentir a súa excitación, os pezóns endurecíanse constantemente pola necesidade de correrse e facían que o seu pequeno botón o molestase.

* * *

Foi directamente á súa oficina ao chegar.

Estaba por teléfono con alguén e cando os ollos se dirixiron a ela, apareceu un sorriso.

Colleu un bolígrafo e escribiu "espirse" no bloc de notas ao seu carón.

Pasoulle a páxina e indicoulle o punto diante da cadeira entre as pernas estendidas.

As súas pernas tremían cando camiñaba obediente arredor da gran mesa e comezaba a espirse.

Tapou a boquilla coa man e murmurou:

"Lentamente, non é un exame médico"

Guiñoulle un ollo e ela ruborizou e asentiu entendendo para que se espida con máis sensación.

Isto fixo e finalmente espido, escoitou dicir:

"Síntoo Harry, teño que deixalo agora. Chamareite despois, alguén require a miña atención".

Sorriulle e colgou o teléfono.

Inspeccionouna de xeito crítico, pasando un dedo pola coxa interna para sentir a súa humidade, logo inclinouse cara atrás e pasou a lingua pola punta do dedo mollado.

"Dáse a volta e inclínate sobre a mesa de puta pequena e coas pernas abertas".

Deuse a volta e dobrou, presentándolle o seu pequeno cu.

Mentres ela observaba a pequena punta do tecido que brotaba dos beizos do seu coño, el beliscouno e, tentador, lentamente comezou a tirar.

De ollos abertos e case acuoso do remuíño de emocións e sentimentos, moveu as bragas vendo como o goteo goteaba aínda máis cando as levantaba.

Cando a franxa de pano entrou na súa fenda, tirou con forza, observándolle a cara no reflexo da fiestra mentres mordía o beizo e xemía.

Golpeando o cu espido e dicíndolle que se levantase, mirouna de xeito crítico mentres se enderezaba e se volvía cara a el.

Despois da súa inspección, golpeouna no traseiro unha vez máis e ordenoulle que lle arranxase a roupa, que puxera as bragas empapadas e que volvese ao traballo.

A expresión rubor e desconcertada do seu rostro agradoulle moito.

Entón, deulle as costas e colleu o teléfono para retomar a conversa anterior. Os seus ollos centráronse no seu reflexo nas particións do seu despacho.

"Oh si." Pensou para si mesmo: "Esta será unha semana moi satisfactoria. E se o meu plan ten éxito, será moito máis que unha semana ..."

.

ENCONTRO CUN XERENTE

Regresou á mesa, coa cara enrojecida de molestias e vergoña.

Nin sequera se lle ocorrera dicir non e parar o xogo.

Sentou longos minutos preguntándose que podería pasar se o fixese.

"Deus", pensou ela. "¿Despediríana e explicaríaselle á súa familia por que ou lles diría que tiña que facelo porque era tan traviesa?

"Quizais", razoou ela. "Podería ir ao seu pai e contarlle o que este home lle fixo facer, pero quedou deprimida cando se decatou de que realmente non fixera nada que non estivera de acordo nin pedira e non lle puido dicir iso ao seu pai".

Sorriu pensando no seu amoroso pai.

Era o seu doce anxo e non soportaba decepcionalo coa verdade, que era unha cadela pequena como a chamaba o mestre Robert.

Perdida no seu ensoño, non viu parpadear a mensaxe instantánea ata que foi demasiado tarde.

Unha segunda e terceira mensaxe apareceu "AQUÍ AGORA!"

Case oíu berrar cando saltaba e tremía de expectación.

Non respondeu, pero entrou no seu despacho e detívose xusto fóra da porta.

Cando entrou e sen falar, fíxolle un sinal para que pechase a porta e sinalou un lugar diante da súa mesa.

Camiñando lentamente ata o lugar, quedou expectante cando remataba de escribir notas no seu ordenador.

Mirouna decepcionada e negou coa cabeza.

O seu silencio fíxoa máis nerviosa, levantouse e axexouna tirando da saia, expoñendo as bragas aínda molladas e golpeando con forza detrás.

Gozando do seu chirrido, deulle a volta e apretándolle fortemente o queixo fixo que se fixara nos seus ollos.

Inclinado cara ao seu rostro, el rosmou: "Eu, Susan, son a túa mestra! Ti, a miña moza, es a miña escrava e a túa falta de atención faino crer que necesitas recordalo".

Viu como os seus ollos se afastaban dos seus.

"Olla para min!" El rosmou no seu rostro, saboreando o seu suspiro cando os seus ollos dispararon cara a el.

Ela mirou para el e comezou a tartamudear desculpas, pero el apretou máis a man contra o queixo que a silenciaba mentres os seus ollos se enchían de bágoas.

Parecía tan fermosamente vulnerable que o seu galo tirou.

"Haberá que ser castigado, por suposto, pero creo que lle gustaría recibir outra azotada, non, miña cadela?"

Observou con satisfacción, a súa vergoña lavándolle a cara mentres os seus ollos escuros a miraban.

"Estou esperando por un dos xestores e non teño tempo para xestionar a túa desobediencia agora mesmo", mandándoa á esquina da súa oficina detrás da mesa, continuou: "Póñate na esquina coma unha rapaza traviesa que ti es, mentres eu Vexo con Alan ".

Sentiu como se endurecía e viu como as súas mans comezaban a escorregar pola saia, pero deulle unha forte labazada deixando unha impresión vermella e quente.

"Deixa a saia tal e como está. Cruza os brazos diante de ti se nin sequera podes seguir esa sinxela instrución".

Escoitouna xemer e abafar un salouco e, cun sorriso alegrando a cara, volveu á mesa.

Palideceu fisicamente cando o escoitou levantar a voz e berrar:

"Veña Alan. Sentímolo, o meu axudante non estivo alí para darche entrada."

Escoitou rir unha voz profunda cando entrou Alan.

"Non hai problema, Robert. Vexo que estivo redecorando aquí. Moi ben, debo dicir, e ese chisco de vermello que engadiches, incrible!"

A súa mente correu:

"Falaba dela? Seguro que non"

Pero non podía deixar de aparecer nas súas meixelas un rubor brillante mentres miraba pola fiestra seguinte.

Tratou de estar quieta e de non confundirse coa esperanza de esvaecer nun segundo plano mentres falaban dalgún cliente ou doutra cousa.

Finalmente, a reunión rematou e Alan marchou feliz:

"Creo que podería decorar a miña oficina dun xeito similar, Robert, pero quizais con algún tema nórdico".

Deulle un guiño astuto a Robert e engadiu:

"Vólvome tolo cando vexo a unha rubia con curvas. Quizais sexa hora de facer de Anne a miña axudante persoal".

Riu en voz alta cando marchou e ela entrou.

O NOVO XOGUETE

Deixouna alí media hora máis mentres enchía informes na computadora antes de finalmente chamala para que acudise a el.

"Espero non ter que castigarte de novo, escravo, e para axudarche a prestar atención teño un agasallo para ti".

Abrindo un caixón no escritorio, sacou un pequeno cilindro rosa quente e mirouno mentres a miraba con curiosidade.

"Realmente é tan inocente", pensou para si mesmo e sorriu mentres a dirixía a ir ao baño privado e introducir o novo xoguete no seu coño coma se fose un tampón.

Adoraba o xeito no que as emocións xogaban no seu rostro, ruborizándose con encanto mentres a súa mente loitaba contra a súa submisión a el.

"AGORA, escravo!"

Colleu o pequeno obxecto da súa man e marchou lentamente ata o baño, xirándose para pechar a porta.

Pero o viu mirando alí observándoa.

"Necesito orinar primeiro, por favor, Mestre." Ela tartamudeou.

"Adiante pequena escrava, non te vou deter". Retrocedeu un pouco, pero non se moveu da porta para mantela aberta.

Enriqueceuse, xirándose cando a escoitou suspirar en voz alta.

Parece que non se decatou mentres baixaba as bragas para ouriñar e introducía o xoguete.

Levantouse, tirando as bragas molladas no seu sitio.

E cando as mans estaban listas para baixar a saia, escoitouno facer clic na lingua.

Levantou a vista para velo sacudindo a cabeza.

Deixando a saia axustada á cintura, rematou de lavarse as mans e seguiuno ata a mesa.

Viu que o facía cenar e preguntouse que podería facer para molestalo agora.

"Susan, creo que este é un día de lección para ti."

Parou un momento, deixándoa considerar as súas palabras.

"Os escravos non suspiran polos seus amos! ¿Enténdeo? É sinxelo, si, mestre, porque xa que es o meu escravo, me obedecerás." os seus ollos fixáronse nos seus cando explicaba a súa máis recente transgresión.

Viu como o horror e a vergoña pasaban pola súa cara, cos dentes mordéndolle o beizo inferior de novo adorablemente.

Ás veces é como castigar a un neno, pensou.

Con os ollos abertos asentiu, recuperándose o suficiente para murmurar: "Si, Mestre" cando o viu endurecer máis coa rabia.

Agora tiña medo, porque a súa obvia rabia confirmaba que isto xa non era un xogo.

A confirmación golpeouna coma un golpe na cara que case a sacudiu nos talóns pola forza da nova conciencia da súa situación.

Ela sabía que fora demasiado lonxe, fixera demasiado, deixáballe facer moito con ela, polo que agora podería dar marcha atrás ou pedirlle que parase.

Calquera palabra deste tipo morrería na súa gorxa.

Despois de minutos de silencio, comezou a saloucar e volveuse para marchar.

Vía como se separaba, caendo en conta as súas intencións.

Este foi o seu momento para comezar a facela verdadeiramente súa.

Ela tivo que moverse rápido antes de entrar en pánico e fuxir del completamente.

Tendeu a man cun raio e agarrouna do brazo antes de que ela puidese correr.

Sostivo un mando a distancia diante dos seus ollos e presionou o botón para iniciar un zumbido baixo no seu coño.

Ela tirou e soltou un xemido mirándoo.

Con voz profunda dixo:

"Si, cadela pequena, controlo ese novo xoguete no teu coño ao igual que eu te controlo. Eu son o teu Mestre".

Mirouna aos ollos temerosos mentres a acariciaba o cu.

O xoguete zumbaba a maior velocidade.

A súa respiración comezou a aumentar coa súa sensación de excitación.

Inclinouse para sussurrarlle ao oído:

"Gústache ser a miña puta, non, Susy?"

Achegouse aínda máis atraéndoa cara a el mentres continuaba:

"Sen ter que ocultar o travieso que es e as sensacións dese coño axustado que che deixa o xoguete cando estás comigo, sabes que estabas destinado a servirme".

Con iso deulle unha forte palmada na parte inferior, quentándoo coa pegada da man.

Ao vela morder no beizo, puido ver as emocións xogar sobre o seu expresivo rostro mentres se enchía de cor.

"Podes estar comigo mesma, Susy. Adoro todo o que es e todo o que poidas e serás para min".

Podía sentir a calor que saía dela, a vergoña e o medo mesturados coa crecente fame sexual que aparecía nos seus ollos verdes debido á emoción do xoguete no coño.

Foi unha escolla lenta e deliberada de palabras, deixándoas invadir a súa mente mentres loitaba coa comprensión de que este nunca máis sería un xogo para el.

Falou para encher incansablemente a súa cabeza cos seus desexos.

"Coñéxoche a maior parte da túa vida. Sempre tan doce, tan inocente e tan obediente que souben que naciches para ser escravo, miña cadela pequena. Necesitas un Mestre que che dea o pracer e a dor que ansias".

Mantivo a voz cun suave e baixo susurro ao oído, pero cun ton severo e impoñente nas palabras.

"Podes confiar en min Susy, vou coidar de ti e manterte a salvo mentres alimentas os teus desexos e desexos".

Puntuouno con outra labazada no cu xa vermello.

"Todo o que lle pido ao pequeno escravo é que me servas e me obedes ben. Son a túa mestra, Susy. E ti, cadela pequena, es a escrava que desexo."

Agora jadeaba, o seu corpo tremía visiblemente de emoción mentres reactivaba un pouco máis o xoguete e volvía a darlle unha palmada no cu.

"Vou posuír e coidar de ti como a miña máis preciada posesión. Como o teu Mestre, adestraréite para que me agrades e castigue cando non o fagas".

A súa man bateu de novo contra a súa parte traseira.

Estendeu as pernas un pouco máis anchas que apenas a sostiñan en posición vertical mentres el lle daba o que necesitaba.

Así como el quería dominala, ela precisaba das súas demandas de control sobre ela.

Podía ver e sentir o quente que se poñía cada vez que ela obedecía as súas ordes cada vez máis despectivas, incluso agora que estaba mirando aos seus ollos cheos de bágoas.

"Debe confiar e obedecer ao seu Mestre, Susy". Deulle de novo unha labazada, rosmou baixo: "Ven por min, miña cadela pequena. Obedéceme e vén polo teu amo, escravo".

Meteu a perna entre a súa mentres ela retorcía as cadeiras, deixándoa moer a cona palpitante mollada sobre el, vendo como a cabeza se inclinaba cara atrás para xemer.

Envolveu os brazos ao redor do pequeno corpo e acercouna cando comezou a tremer e a estremecerse, ergueuna, levouna a unha cadeira de peluche e sentouse con ela no colo deixando que o zumbido dentro dela desaparecese lentamente.

Nese momento, non quería máis que agradalo, obedecelo, coidala e atesorala.

Sentou no colo durante moito tempo sentíndoo como a acariñaba, acariñándolle o pelo e as costas mentres se calmaba.

Incapaz de dicir como se sentía, pensou en todo o que dixera e fixera.

Nas cousas que fixera e deixou que lle fixera nos últimos tres días, nas súas palabras de confianza e coidado, o pracer e a dor que lle deu.

Inconscientemente torceuse, mordéndose de novo o beizo.

O seu rubor encheulle a cara, a súa vergoña e humillación apoderáronse de todas as demais emocións.

Aínda tiña un pouco de medo pola súa rabia e polo que significaba para ela este suposto xogo, pero tamén sentiu o seu amor por ela.

Era case coma unha figura paterna, rigoroso e severo pero cariñoso cando se acunaba nos seus brazos así.

Estivo mal pensando nel así considerando o que fixera e deixouno seguir facendo iso?

Non só aceptou as súas trapalladas, senón que as animou.

Levaraa a berrar por orgasmos, pero non a buscara.

A súa mente torceuse co que sentía.

Sentiu que quería facelo por el, a forte necesidade que sentira de fuxir del empurrou ao fondo da mente substituída neste momento polo desexo de agradalo mentres reflexionaba sobre as súas palabras, coidado, confianza e amor.

Ela imaxinou como sería ser fodido por el e encherse do seu semen e retorcerse nos seus brazos presionando contra o seu forte corpo firme.

Sentou con ela acollida no colo, observándolle a cara sabendo que estaba a considerar todo o que lle dixera mentres lle alimentaba as crecentes necesidades masoquistas.

Sorriu mentres a vía masticar o beizo e ruborizarse.

Necesitaba posuír a esta fermosa nena, corpo e alma, para facela soportar máis a súa dor e sufrir por el, pero precisaba que acudise de boa gana a el.

Os seus pensamentos volvéronse máis escuros e levaba toda a súa vontade para non tirar o seu plan pola borda e levar o seu corpo agora mesmo para posuíla e obrigala a estar ao seu servizo.

Decidiu que tiña que ir buscar a unha das cadelas da compañía para resolver a súa frustración antes de perder a resolución.

Golpeándolle o cu, espertouna:

"Cadela, fuches unha inútil asistente persoal esta mañá, así que volve á túa mesa e continúa co teu traballo. Chamareite se te necesito".

Sorriu mentres o xoguete zumbaba brevemente facéndoa suspirar e comprender o seu significado con demasiada claridade.

Axudouna a levantarse do colo, sorrindo mentres contemplaba a súa mirada desordenada e as coxas molladas brillantes.

"Podes usar o meu baño para limparte, cadela pequena, pero deixa o xoguete onde está". El sorriu mentres ela lle botaba un xafo brevemente.

"Se me encanta".

Cando se dirixía ao baño e se miraba ao espello, preguntábase se deixaría de ruborizarse cando estivese con el.

Arranxando rapidamente a súa maquillaxe e limpando as probas do pracer que lle deu, ela fixo unha mueca cando se volveu para ver o seu culo enrojecido.

Ao saír do baño, viu que se marchara sen dicir unha palabra e regresou á súa mesa sentíndose estrañamente soa sen a súa presenza constante.

EXPOSADA ANTE OUTROS

Poucas horas despois sentiu que o xoguete comezaba a zumbar momentos antes de volver mirándoo relaxado e sorríndolle feliz.

Volvéndolle o sorriso á vista del, el trasladouse detrás dela mirando por riba do ombreiro o ordenador e colocou as dúas mans nas tetas apertándoas ata que xemía suavemente.

"Traballando duro o meu pequeno escravo?"

Antes de que puidese responder, viu a Alan mostrándose xunto a Anne, a bomba loira da recepción.

"Boas tardes, señor Clarkson", Susan sorriu, intentando ignorar o feito de que as mans do seu Mestre seguían amasando as tetas, aínda que o rubor que lle cubría a cara dicía moito.

"Susan cariño, botáiche de menos esta mañá, espero que non estiveses a ter un problema".

O aparentemente sempre exuberante Alan Clarkson chiscou un ollo e riu:

"Anne agora é a miña axudante persoal e necesito facela compras por algunhas cousas para poder adestrala correctamente en todo o que implica o seu novo papel".

Sorriu a Susan.

"Robert quere cousas para ti tamén, rapaza afortunada, pero necesitamos coñecer algúns tamaños e medidas. Polo que podo ver, a túa formación foi moi práctica."

Riu de bo humor e mirou as mans do seu Mestre aínda cubríndolle as tetas pequenas.

"Imos á miña oficina para facer unha lista".

O seu Mestre riu xunto con Alan, levantándoa polas tetas e tocándolle levemente para facela mover.

Levándoa ao centro da habitación, ordenoulle que a fixase:

"Susan, espida para que Anne poida obter medicións precisas".

Mirouna cunha mirada severa mentres ela dubidaba.

Quedou conxelada incrédula, o xoguete zumbando máis forte facéndoa suspirar e mirar cara arriba e el levantou unha cella.

Tragou, negando lixeiramente coa cabeza.

"AGORA Susan!" A rabia escintilou nos seus ollos mentres a miraba.

Tocando as mans tremendo, deixou caer a saia, quitou a chaqueta e a blusa e entregoulle a Anne, que comprobou as tallas e tomou notas.

"O sutiã tamén Susy, por agora podes manter as bragas sucias".

El seguiu mirándoa.

Quedou mortificada polas súas palabras e sacou o sutiã.

Afastáronse dela cando acabou de espirse.

Os dous homes desprazáronse á mesa do seu Mestre para discutir a súa lista en voz baixa, observándoa desde a distancia.

Mortificada por dentro, quedou case espida e estremecida cando Anne tocou e tomou medidas de varias partes do seu pequeno corpo, incluídos os bonecos, os nocellos e a gorxa durante o que parecía unha eternidade.

As mans da muller loura parecían acendela aínda máis cando o xoguete tarareaba facéndoa máis mollada e os pezones imposiblemente duros, engadindo a súa humillación.

Alan sorriu ao ver a Anne por fin erguerse e enrolar a cinta métrica.

"Veña escravo, imos mercar!" Susan tensouse, pero colleu a Anne polo brazo e sacouna da habitación dicindo por encima do ombreiro. "Vémonos dentro dunhas horas Robert".

Os ollos de Susan abriron a palabra escrava dirixida a outra rapaza e ela volveuse para velos marchar.

Sinalándolle que se achegase, sinalando un lugar no chan detrás da mesa preto del, observouna case espida cando se metía no lugar.

"¿Gustouche levar esas bragas sucias todo o día?"

Pasoulle unha man pola cadeira e o coño sentíndolle a humidade.

"Non me encanta".

Sorriu.

"Pois quítalas e a próxima vez teñas a tentación de levar calcinhas, pensa no que se sentiu".

O seu sorriso volveuse serio.

"Non volverás levar nada que cubra o teu coño pequeno sen o meu permiso expreso. ¿Me entendes escravo? Ou o teu malestar será moito peor, prométoche."

Os seus ollos buscárono nos seus asegurándose de que entendera que isto, como todas as súas ordes, non era negociable.

Quitando as bragas empapadas e manchadas, quedou tremendo e espida diante del, respirando lentamente e murmurando:

"Se me encanta".

Acariñándolle a nádega levemente, empuxouna cara abaixo, apoiándoa no colo, falando suavemente, pero cunha punta á voz.

"Como es o meu escravo, cando che pido que fagas algo que obedeces, ¿é certo?"

Sen darlle tempo a responder e acariñándolle o fermoso cu, seguiu dicindo.

"É o que aceptaches. Non obstante, por terceira vez hoxe vexo que te teño que castigar".

Non saíra do seu cuarto para respondela e sorriu cando ela xemía.

"A túa dúbida cando che pedín que te espiras non foi aceptable, obedecerasme escravo, independentemente de quen estea ao redor".

Sentiu a tensión mentres describía o seu noxo.

"Debes confiar en que non te poñerei en perigo. Alan tamén é Mestre e Anne a súa escrava."

Deixou que a tristeza e a decepción lle entraran na voz.

"A túa negativa a desvestirte cando che mandaba foi un reflexo non só de ti, escravo, senón de min como o teu Mestre".

Ela chocou co ton da súa voz, avergoñándose de que o molestara unha vez máis; a necesidade de agradalo espertouna antes facéndolle querer suplicar o seu perdón.

Comezou a expresar a súa súplica, pero silenciouna.

"Comprendo que te sentes escravo e entristéceme que te teña que castigar de novo, pero aprenderás a confiar e a obedecerme en todo o que che pido".

Ela estaba xemendo de vergoña, así como a calor que se estaba formando nela causada pola súa man acariciadora e o xoguete que zumbaba no fondo do seu coño pingando.

Sentiu como lle levantaba a man e preparouse pensando que a golpearía, pero foi substituída pola sensación de que unha delgada vara acariñoulle a pel.

Mentres tanto, a súa man esquerda movíase debaixo dela para acariñarlle o coño e engadir máis pracer á mestura de emocións que a atravesaban.

Ela retorcíase aos seus toques, pero deu un chío de sorpresa cando a cana golpeou o seu cu, mordéndolle a carne, facéndoa saltar ao colo, dándolle patas.

Sentiu como os seus dedos se afundían no seu coño e o seu clítoris que a suxeitaba no seu sitio e volveu a berrar, os seus xemidos e xemidos converténdose en miaños doloridos e xitos eróticos mentres a golpeaba dúas veces máis mentres seguía metendo os dedos no seu coño.

Tres picaduras rojas vermellas apareceron na súa pel de cada unha das súas transgresións ese día.

Notou que os refachos ardían na pel cando o cruel persoal foi substituído pola súa man unha vez máis.

Os seus dedos retorcéronse e tiráronlle do clítoris inchado mentres azoutaba con forza as liñas rizadas sen descanso, facéndoa xirar e dobrarse no colo xemendo de dor e excitación.

Observou o exquisito pequeno corpo ruborizado no colo.

A súa alegría e emoción foron evidentes cando a vía gozar e chorar por el.

Era o seu Mestre, un desexo que levaba tempo esperando a que se fixera realidade.

Ao final da semana, aceptaría o seu posto como escravo de boa gana ou levaríaa á forza se fose necesario, pero sabía que non a podía deixar ir.

Volveu falar suavemente e rosmando:

"Veña polo seu Mestre, escravo. Móstrame canto ama o meu castigo."

O seu corpo contorsionouse, arqueando, tensándose e estremecéndose mentres explotaba ás súas ordes.

A súa mente perdeuse, flotando nunha nube de pracer e dor por terceira vez ese día.

Ela berrou por el e veu.

.

NOVA ROUPA PARA SUSAN

Susan espertou atordada e confusa, aínda espida.

Foi acollida nos brazos do Mestre no gran sofá cheo de escuma do seu despacho.

El suxeitouna suavemente, protectora, coma a dun doce amante.

Non obstante, o seu corpo dicíalle o contrario e necesitaba desesperadamente estirar os músculos doídos.

Xentilmente intentou liberarse dos seus brazos só para sentila apretala ao redor.

Desistindo, arroiou os brazos ás costas e estirou o corpo sentindo que os músculos protestaban e sentían máis dor.

Ela miroulle aos ollos mentres a vía.

Finalmente soltando o seu abrazo e pasándolle as mans polo corpo mentres se estiraba coma un gato.

"Es meu." El simplemente dixo.

Golpea levemente a cadeira

"Xa vai tarde a pequena Susy, estivo durmindo un tempo, teño un coche esperándote polas escaleiras dianteiras para levarte a casa".

Sorriulle suavemente.

"É mellor que te vestas e vaias a casa antes de que atopes máis cousas que podes facer aquí".

Os ollos abriron e riu.

"Podes dicir a calquera que pida que te mantivo tarde no traballo con fins de formación".

El xenuinamente riu da súa cara ruborizada cando se levantou e mirou o seu vestido.

Deu unha galiña, sentindo un remuíño de molestia mentres alisaba a saia sobre o trasero.

Entrou brevemente no seu baño para facerse o pelo e a maquillaxe o mellor que puido antes de ir detrás da mesa para recuperar as bragas sucias descartadas.

Bragas na man, presentouse obediente preguntando:

"¿Disculparame o día, Mestre?"

Sorriulle e levantouse para bicala profundamente.

Sorprendida, botou un pequeno pranto cando sentiu os beizos sobre ela, sorprendida polo bico.

Despois de todo o que pasara nos últimos días, este foi o seu primeiro bico de verdade e derreteuse con el.

Levouna á mesa, sen romper o bico.

Colocándoo coidadosamente sobre a mesa para que recuperase a bolsa, falou en voz baixa:

"Si, meu escravo, por fin me agradaches hoxe."

Deixou pasar un chisco de sorriso polo seu rostro mentres a provocaba.

"Vaite a casa, antes de que cambie de opinión".

Deulle unha palmada no cu gozando dos seus xemidos e deixouna, dirixíndose de volta ao seu despacho.

Quedei máis que satisfeito.

Pero non sabía que esperar cando ela espertou á mañá seguinte.

Preguntábase se a levara demasiado lonxe no seu día de castigo.

Sorriu para si mesmo.

Era adorable na súa submisión natural e, aínda que nun momento do día parecía estar a piques de marchar, quedara.

* * *

O coche esperábaa como dixera.

O condutor era simpático e unha vez que estaba dentro entregoulle unha bolsa dun restaurante local.

"O señor Robert pediume que collera algo para comer, xa que estaría atento tarde para unha sesión de adestramento".

Sorriu coa sorpresa e coa cor rosa que se lle escorregou polas meixelas mentres tomaba a bolsa e agradecíalle.

O camiño a casa quedou en silencio.

Mirouna no espello mentres miraba pola ventá sen ver realmente a paisaxe, os seus ollos perdidos no pensamento do seu día.

Sorriu tocándose os dedos nos beizos, pensando en todo o que pasara.

E sobre o sucedido, foi o seu bico o que se atrasou.

A verdade era que lle gustaba as cousas que el a facía facer, cousas que nunca tería feito só nin co seu mozo.

Gustáballe poder finxir que era unha "boa rapaza" que estaba a ser forzada en vez de admitir que cada nova experiencia que lle daba emocionaba a súa mente e o seu corpo.

Non obstante, de todas esas cousas, foi o bico o que quedou con ela.

A intimidade do seu profundo e apaixonado bico fora moi diferente do xeito autoritario e composto no que provocara e trouxera pracer e dor no corpo, facéndolle sentir culpa e vergoña, necesidade e desexo.

Ela sabía que o que facía, sendo a súa escrava, non estaba ben e ata esta noite preguntouse o mal que podía estar antes de que fora a semana.

Tocou de novo os beizos, pero o bico parecía de algunha maneira facelo non sentir tan mal.

Sentira o seu amor e paixón por ela nese bico.

* * *

Botouse á cama e rodou mentres intentaba durmir.

"Crecerá coñecéndoo como parte da súa familia, case coma un tío. Amaba á súa indulxente muller casera e era amiga do seu fillo."

Sacou as fundas e mirou o teito chea de culpa e vergoña.

"Que lle pasaba?"

Ela xemía suavemente mentres a súa man acariñaba o seu corpo revivindo o día, a súa rabia, o seu medo, a súa decepción, a súa vergoña, o seu desexo, a súa necesidade de agradalo e finalmente a paixón do seu bico.

Chegou por cuarta vez ese día e finalmente quedou durmida.

***

Espertou e arrastrouse á ducha, volvéndolle á cabeza os sentimentos de culpa e vergoña.

Case tiña medo de ir traballar e atopar o que este día lle reservaba, sentíase mal e por un momento considerou chamar para dicir que estaba enferma, antes de sacudir a cabeza.

O pánico deixouna cando saíu do baño e xurou suavemente cando se decatou de que chegaría tarde.

Vestiuse axiña e baixou correndo polas escaleiras para saír voando pola porta.

Saíu correndo para levarse directamente nos brazos do seu condutor dende o día anterior.

Agarrouna xusto cando ela comezou a correr cara ao autobús.

"Susan"

Ela levantou a vista.

"Tranquila rapaza. O señor Robert envioume a buscarte esta mañá".

Retrocedeu e abriu a porta que a conducía ao coche.

Ela obedeceu obedecida abraiada pola súa presenza.

Viu dúas caixas, colocadas no asento xunto a el, mentres subía.

Unha contiña galletas de canela decoradas con caras sorrintes e o seu zume favorito.

E nunha caixa máis grande había unha nota dirixida a ela.

Ela leu:

"Bos días meu escravo, espero que durmiches ben, pretendo coidarte como o meu tesouro máis precioso, pero aínda hai moito que aprender sobre como agradar ao teu Mestre. Es novo e fermoso, non debes levar esa roupa de traballo á vella que a túa nai te elixiu. Almorza rápido e pon o traxe desta caixa antes de comezar ao traballo. Non te preocupes polo condutor, confía e obedece. Robert. "

Tocando o ombreiro do condutor, preguntou se podía parar nunha cafetería ou nalgún lugar cun baño, pero este negou coa cabeza.

"Non. Dixéronme que o traera sen parar, señorita".

Sentouse a comer e a pensar que facer.

Non quixo ser castigada no momento en que entrou.

Rematando as galletas e o zume, caeu nunha esquina do coche e suxeitou a chaqueta ao peito mentres se transformaba na blusa de seda branca que sacara da caixa.

Os mamilos endurecéronse e presionaron o material brando ao pensar que o condutor a miraba, pero non estaba a piques de mirarse ao espello para comprobar.

Sacou da caixa a saia azul marino plisada e inclinouse cara adiante para cubrir a súa espida.

Quitou a saia e puxo a nova no seu lugar.

Tratando de facelo o mellor posible, puxera a blusa e a saia plisada en lugar da blusa e a saia que levaba.

Sacando unha pequena chaqueta da caixa e colocándoa no asento xunto a el, comprobou a caixa para asegurarse de que xa estaba baleira.

Atopou medias de encaixe branco e unha nota máis pequena ...

"Manteña a saia mentres se poñen as medias e o condutor darache a última peza do teu traxe. Confía e obedece, escravo. Robert."

Mortificada, razoou que probablemente a estivera vendo como cambia de todos os xeitos, polo que subiu a saia e volveu colocar as medias no lugar, o elástico cinchándose sobre as coxas.

O condutor sorriu no espello e deulle un par de zapatos de tacón azul mariño que coincidían co traxe.

Cara ruborizada con rubor, colleu os zapatos cun suave "Grazas" e meteu a roupa na caixa baleira.

Deuse cara atrás, calzando os zapatos e evitando os ollos do condutor o resto da viaxe.

***

Ao baixar do coche e poñer a chaqueta de traxe, descubriu que a súa solapa ancha enmarcábaa as tetas redondas e os dous botóns inferiores tirábana da cintura para ensanchar as pequenas cadeiras.

Alisando a saia curta plisada que apenas cubría a parte superior das medias, inclinouse cara ao coche.

Ao darse conta de que demasiado tarde se amosaría o seu trasno espido, colleu a caixa da roupa vella e entrou rapidamente no edificio ignorando o sorriso da cara do condutor.

Ela agradeceulle a viaxe e el desexoulle un bo día.

***

Chegou ao seu escritorio, gardou a bolsa e a caixa debaixo del e entrou no seu despacho en silencio á espera de que se fixara no teléfono cando remataba unha chamada.

Sorriu suavemente e sinalou un punto diante da mesa.

Ela pisou nerviosa os tacóns mentres entraba na oficina.

Ela quedou diante del mentres el rodeaba a súa mesa e inspeccionábaa en silencio.

A man subiulle a coxa e debaixo da saia curta para agarrala e apretarlle o cu, sorrindo mentres mordía o beizo e respiraba.

"Ben, meu pequeno escravo, gustoume coa túa obediencia. Este é un dos traxes que escolleu onte o escravo de Alan, ¿gústache?"

"Oh si Mestre. Moitas grazas."

As súas mans abrazáronlle as boas tetas e xogaron cos pezóns polo tecido transparente, facéndoas tan duras coma as puntas de frecha.

"Quita a chaqueta".

Vendo os seus expresivos ollos, apretou o agarre, beliscando os duros botóns entre os dedos mentres ela se despegaba a chaqueta.

O seu alento arremeteu, os ollos abríronse e un xemido escapóuselle.

"Unha puta tan encantadora, o meu condutor quedou tan impresionado".

Os seus ollos inclináronse sobre ela.

"Tiña razón, podías pasar por unha escolar traviesa con esa roupa".

Deu un paso atrás, apoiándose casualmente na mesa, vendo como se ruborizaba.

"Espida escravo, todo menos zapatos e medias. Hai outras cousas que quero verte levar posto antes de comezar o día".

Volvendo a ela mentres ela se quitaba a roupa, acariñoulle a toque suavemente, antes de golpeala e inclinarse na orella para rosmar:

"O mestre goza do rubor rosa das nádegas."

Apretándolle o cu ata que xemía, el sorrí e golpeouna de novo.

Colléndoa polo brazo, levouna ao redor da mesa, colocándoa ao seu carón mentres sentaba.

"Axeónllate, escravo".

Axeonllouse mentres a vía.

"Ese é o lugar axeitado dun escravo e aprendelo ben hoxe. Cando veñas a min sempre estarás axeonllado".

"Sí señor"

Ela viu como abría un caixón e sacaba varias cadeas de ouro antes de voltar cara a ela unha vez máis.

Falou, suavemente pero severamente.

"Hai cousas que vestirás para min que non son roupa. Pon as mans detrás do pescozo e manténalas alí". Observou o desconcerto encherlle a cara mentres movía as mans detrás do pescozo atando os dedos.

Revisou a súa posición de xeito crítico, estendendo a man para axustar os cóbados tirándoos cara atrás, facendo que arqueara dentro del e empurrase as tetas cara adiante.

Acariñándoos grosso modo e provocando os pezóns con máis beliscos, volveu falar.

"Aínda non vou esixir que furades estas, pero gustaríame que estivesen decoradas correctamente".

Seleccionando unha cadea, tiroulle dos pezóns meténdoos por pequenos aneis en cada extremo da cadea.

Estaban o suficientemente axustados como para suxeitar a cadea, pero sen danar a pel.

Tirou da cadea e deulle unha labazada á teta esquerda, facéndoa xemer e deixándolle os ollos mollados.

Os lazos de cadea apertáronse ao redor dos pezóns mentres o peito se inchaba.

Despois de darlle unhas palmadas varias veces ás tetas, colleu a cadea e tirou con forza, estirando a carne das súas tetas antes de que a cadea se desprendera.

Ela xemía, tremía e as bágoas baixaban polas meixelas da picada.

A súa polla sacudiu ao mirala.

Repetiu o proceso apertando e apretando os pezóns e golpeando os peitos mentres probaba cinco cadeas diferentes, tirando cada un dos seus pezóns con fortes tiróns mentres probaba outra cadea.

A cadea que finalmente escolleu estaba decorada con pequenas campás colgadas dos lazos que tintinaban con cada unha das súas labazadas.

Agora os seus ollos estaban cheos de bágoas de dor mentres corrixía a súa postura unha vez máis.

Usando o zapato para botarse dos xeonllos, berrou.

"Abre as coxas, cadela pequena, quero ver como brilla o teu coño, mentres disfrutas da dor que che dou".

O rubor no seu rostro case coincidía coas pegadas de mans vermellas que cubrían as tetas mentres o peito se levantaba.

Ela sentiu o espasmo do seu bichano e goteou aínda máis polas súas palabras.

"Como podería estar gozando disto?"

O seu peito latexaba de calor e dor.

"Debe haber algo mal en min, isto non era normal. Non había caricias suaves nin miradas ansiosas entre elas. Só ordes, obediencia, dor e pracer".

A súa mente volveu ao bico de onte e os seus beizos tremeron xunto co corpo mentres estremecía ao recordar as emocións que sentira.

Apertando o zapato contra a cona, fregou o dedo do pé baixo o coiro do seu clítoris inchado e observou como aumentaba o seu jadeo e o seu corpo tremía, facendo que as pequenas campás tintinearan alegremente sobre as súas douradas tetas vermellas.

Puiden ver a calor nos seus ollos cando as súas cadeiras rodaban sobre o seu zapato fregándoo.

Seguiu xogando co seu coño fregando o coiro duro do seu clítoris inchado e o buraco que escorría.

O seu corpo continuou ondulándose e balance as súas cadeiras contra o seu zapato buscando alí pracer.

Pasoulle os dedos polos cabelos e xirouno mentres tiraba da cabeza cara atrás e inclinábase para case presionar os beizos contra a súa boca jadeo, murmurando duramente:

"Veña polo pracer do teu Mestre, cadela pequena que goza da dor. Ti es meu".

Observou como se arqueaba máis forte contra o seu zapato, tensándose e estremecéndose antes de berrar co seu semen que lle cubría as coxas e o zapato.

"Era tan fermosa de xeonllos diante del".

Mirouna aos ollos cando o seu pau se endurecía dolorosamente atrapado nos pantalóns.

Sostivo a man no pelo dela, soltando a forte suxeición para acariñala mentres se calmaba.

As pernas axitadas dobráronse para aniñar o fondo nos talóns.

Cando se recuperaba da carreira, el díxolle:

"Limpa o meu zapato. Escravo"

Véndoa comezar a moverse para levantar a man firmemente no seu pelo e el empurrou a cabeza cara abaixo.

"Coa lingua, cadela pequena, proba o doce que es".

Observouna como a cabeza baixaba de adoración aos seus pés e sorría.

O nariz engurrouse de disgusto e o rostro arroibouse con forza mentres se lambía os zumes do zapato.

Agarrouna contra o zapato ata que estivo satisfeito de que acabara.

Afastándolle os pés, mantivo un brazo sobre ela mentres se levantaba sobre os tacóns altos e as campás colgadas dos pezóns tintinaban docemente.

"Tes moito que facer hoxe, escravo, así que viches esa cadela de tope cachonda que tes"

Puntualizándoa cun golpe na nádega, el inclinouse cara atrás e observou como botaba a blusa sobre as tetas agora decoradas.

A cadea que fixo que os seus pezones saltasen deliciosamente contra a pura seda, as campás ben visibles debaixo dela.

Volvendo a ollar cara ao caixón aberto, introduciu as cadeas sen usar e colleu un elemento máis antes de levantarse e inspeccionalo cando rematou de vestirse.

Apertándolle os pezóns encadeados entre a seda, levouna á mesa antes de soltar os dedos e botala ao revés e golpear de novo o cu.

Ela xemeu, mollando de novo os ollos cando se decatou da constante dor e calor coa que estaba regando esta mañá.

Tremeu cando lle explicou que usaría unha cousa máis esta mañá e que canto máis rápido completase as tarefas que lle dera, máis pronto o quitaría dela.

Ela observou con curiosidade como levaba un pequeno obxecto de plástico rosa diante da cara.

Esta tiña forma de cenoria pequena, pero a súa curiosidade foi substituída polo medo cando explicou onde o usaría.

Esvarou baixo a súa man apertada sobre as costas, as pernas presionando contra as dela.

Sentía o seu duro galo dentro dos pantalóns.

As imaxes de que a posuía enchérona a mente mentres a súa forte fortalecemento se debilitaba para acariñala con máis suavidade.

A súa voz murmuroulle docemente ao oído para calmala.

Vendo o medo entrar nos seus ollos, case se detivo, pero fíxoo tan ben na obediencia a todo o que quixera esta mañá.

Necesitaba saber que nada lle estaba prohibido no que el lle pediría, polo que se inclinou cara á orella e murmurou:

"Ti, meu escravo, vestirás isto porque son o teu Mestre e iso gústame".

A man colocou o xoguete na mesa mentres acariciaba a suave pel do seu fondo.

"Escravo, queres agradar ao teu Mestre, non?"

Falou e acariñouna coma se fose unha mascota esquiva.

Murmurando a súa necesidade de posuír todas as partes dela, dominala e posuíla por completo.

Movendo a man acariñando a carne rosa quente do seu cu, pasando un dedo entre as nádegas cara ao coño mollado, provocouna acariñándolle suavemente as nádegas, manchándolle de novo os zumes, pero agora sobre o escuro e fruncido burato de a súa culata.

Levantando o xoguete por diante da cara, ela murmurou:

"Usarás isto, escravo, para min, o teu Mestre".

Rodando o xoguete sobre o seu bichano mollado, cubríndoo co seu semen, logo presionouno contra a súa culata.

Observándoa como se tensaba e apertaba, levantou a man das costas e golpeouna lixeiramente.

"Reláxate, escravo, confía no teu Mestre".

Empurrou máis forte o pequeno enchufe vendo como o anel anal comezaba lentamente a estirarse ao redor del.

Sentiu ondas de emocións en conflito rodando por ela.

Dende que estaba á súa mercé, mordeu o beizo sabendo o quente que facía para el.

Os seus penetrantes dedos volveron quentar a súa sensible buceta mentres sentía como lle xogaba a outra man no cu.

Estremeceuse escoitando os seus murmurios e sentindo o seu duro pau contra a súa cadeira.

Mentres el collía o xoguete e xogaba máis co coño e o cu ata que ela non podía aguantar máis e xemía de novo e movía os cadros.

Sentiu como moveu o enchufe ao cu e o presionou contra ela.

Ela tensouse e el deulle unha palmada.

Pechou os ollos e respirou profundamente miañando ante a estraña sensación de ter fodido o cu.

Sentíase tan grande dentro dela, pero sabía que non.

A súa mente cambaleaba entre a calor do coño mollado e a sensación pouco dolorosa pero excitante no cu cando o anel anal apertábase ao redor do enchufe para mantelo no seu lugar.

Berrou ao ver desaparecer o enchufe dentro da rapaza que lle queixaba.

Anhelándolle ver a cara mentres levaba o enchufe, el levantouna para que a saia caia no seu sitio cubríndolle a parte traseira.

Mentres o miraba cos ollos mollados e o seu rubor brillaba nas meixelas.

Deulle unha palmada no cu e cos dedos alcanzou o enchufe e xogou con el mentres observaba as emocións que lle cubrían o rostro.

Sorriulle a suave cara mentres se inclinaba para bicarlle os beizos tremendo.

"Gustoume moito esta mañá, meu escravo. Pero advírtoche que será un día bastante longo para ti. Entón, se tes algún plan para esta noite, necesito que canceles. Veña con algunha escusa." Sorriulle.

"E podes dicir aos teus pais que asistirás a unha cea de compañeiros de traballo comigo porque requirirei as túas habilidades extraordinarias e únicas".

Ela oíu morderse os beizos, ruborizándose mentres xogaba co enchufe no cu e coa apretada da súa buceta ás súas palabras.

"¡Ela agradárao!"

Quedou abraiada de como isto a fai sentir co seu bico engadindo pracer á súa alegría.

Ela avanzou para rozarlle o pau, dándose conta de canto quería sentilo dentro dela en lugar dos xoguetes que lle facía usar todos os días.

A comprensión diso fixo que as meixelas queimaran aínda máis, a súa mente emulaba o seu ton dominante:

"Ti, pequena Susy, convertestes na súa puta".

Non puido evitar os sentimentos de alegría que lle gustou á luz das decepcións de onte.

A vergoña e a humillación de como lle gustou el pasaron brevemente por ela.

Inclinou a cabeza cara ao seu queixo e mirouna aos ollos vendo as súas emocións en conflito, sorriu e bicouna profundamente.

Ela derreteuse de novo.

* * *

Sentou un pouco incómoda na mesa e chamou aos seus pais para dicirlles que ía a unha cea de traballo, a unha amiga á que pensara que podería atopar para tomar un café despois do traballo e ao mozo que xa aprazara. para a fin de semana.

Así, as chamadas telefónicas remataron rápidamente e ela envioulle ao seu Mestre unha mensaxe instantánea para facelo saber.

Chamouna de volta ao seu despacho e ela entrou na habitación pechando a porta detrás dela e dirixíndose á mesa antes de arrodillarse para poñerse diante del.

Inspeccionouno e axustou a súa posición antes de continuar.

Escoitou atentamente mentres explicaba a posición de xeonllos aos escravos: Rodillas abertas, mans detrás, cabeza lixeiramente inclinada cara a el e beizos abertos.

Explicou a posición de sentado dos escravos, que era moi semellante á de xeonllos, coa que podía descansar os xeonllos sentándose co fondo acunado nos talóns.

Se che pedisen que te mostras cando estabas de xeonllos ou de pé, collerías as mans detrás do pescozo e tirarías dos cóbados e dos ombreiros cara atrás como antes.

Pediulle que practicase isto, usando un comando dunha palabra para axeonllarse, sentarse ou amosarse, mentres ela lle falaba das tarefas do resto dos días.

Habería un xantar tarde cuns amigos do seu club na sala de reunións da súa oficina.

Non estarías obrigado a cociñar nin servir hoxe, pero sería parte dos teus deberes noutros momentos.

Avisoulle severamente que non debe dubidar en cumprir as súas ordes hoxe ou que os castigos superarán con creces o que viviu onte.

Estremeceuse e murmurou un:

"Si Mestre".

"Confiarás en min, pequena Susy, que de todas as posesións que teño, es a máis preciosa".

Mirouna aos ollos e viu como se abrían confusos.

"Si escravo, es a miña propiedade. Es un tesouro precioso e es meu."

O seu cerebro berroulle:

"Unha semana aceptei, foi un xogo!"

A súa mente xiraba: "Nin se acordaba de expresar o seu acordo durante a semana. Como aceptou isto? Falaba coma se quixera mantela como escrava para sempre!"

O seu rostro amosaba a súa crecente sensación de medo momentos antes de que a súa boca baixase á súa nun profundo bico apaixonado.

Podía sentir a súa morriña, a súa necesidade por ela, o seu amor nese bico e ela derreteuse na súa mente, deixando de interrogalo, lembrándose que prometera que falarían ao final da semana.

Rompéndolles o bico, púxose de xeonllos onde estaba sen alento e volveuse cara á mesa.

Colocou varios arquivos no bordo da mesa, para que os entregase persoalmente, e na orde que tiña organizados, a algúns dos executivos, así como unha lista que detalla unha variedade de tarefas para toda a empresa, incluída a verificación. de preparar comida para o xantar.

Ela tomou todo o que lle explicou e dixo suavemente:

"Si, Mestre" cando parecía rematar, pero quedou onde estaba ata que lle dixo o contrario.

Mirando o reloxo, suxeriu:

"É mellor que apures escravo, a formación demorou máis do que tiña previsto e aínda tes moito por facer antes de que cheguen os meus convidados".

Regresou bruscamente ao seu traballo e ela axeonllouse un momento confuso antes de levantarse, agarrando os arquivos e a lista e volvendo á súa mesa para ordenar as tarefas e a mellor forma de abordalas.

Ela envioulle unha mensaxe instantánea para facelo saber da súa saída do seu despacho.

"Apresúrate escravo. Tes dúas horas. Non tardes porque por cada dez minutos que chegues tarde castigareite"

Apareceu esta mensaxe de resposta na pantalla e marchou apresuradamente.

Atopou que os seus novos tacóns máis altos do normal fixéronlle balance máis nas cadeiras e a saia plisada rodaba e rebotaba a cada paso.

Sostivo os arquivos no peito para que as campás non tintinaran.

Case voou ás cociñas e outras tarefas antes de entregar os arquivos para protexerse o maior tempo posible.

Sorrindo e falando pouco mentres ía revisar as cociñas e outras tarefas pequenas fáciles de facer, aínda era moi consciente da cadea e o tapón que usaba para el, preocupándose de que a calor que constantemente sentía entre as pernas comezase a ser evidente para calquera. persoa, por todos os que a viron.

Comprobou o reloxo feliz no momento que levaba e finalmente comezou a entregar persoalmente arquivos e notas aos executivos.

Consciente do curto que era a saia e do delgada que tiña a parte superior sobre as tetas encadeadas sen sutiã, ruborizouse furiosamente cando os ollos dos destinatarios do arquivo arrastrárona ou se demoraron demasiado tempo nela.

Tratou de manter os arquivos que se lle pegaban ao peito, pero a maioría das veces pedíronlle que os puxera sobre a mesa e que esperasen mentres comprobaban o que lles trouxo.

***

Aínda que estivo constantemente revisando o reloxo, deuse conta de que xa ía chegar tarde á súa mesa cando chegou ao seu último recado, que estaba na oficina de Alan Clarkson.

Ao ver a Anne na súa mesa sorríndolle, Susan ruborizouse e achegouse.

"Grazas pola fermosa roupa, Anne. A min convénme perfectamente". Susan case murmurou.

Anne riu feliz.

"Vexo o bo que che convén! Ai, querida, paréceme fabuloso, aínda que xa imaxinaba que che conviría moi ben. Déixame dicir ao Mestre que estás aquí que el tamén te vai querer!"

"Teño un arquivo para el".

Exclamou, sorprendida ao decatarse de que Anne tamén era escrava.

Susan mirouna con ollos máis críticos notando a forma de vestir.

"Estupendo. Entón conseguimos dous obxectivos cunha soa visita", chiscou un ollo e riu de novo mentres escribía unha mensaxe instantánea na pantalla e agardaba unha resposta.

Ela riu da súa resposta, explicando que lle gustaba a analoxía dos dous obxectivos.

Saíndo de detrás da mesa, colleu a Susan polo brazo mentres a conducía ao despacho de Alan Clarkson.

Alan saíu de detrás da súa mesa.

"Dame o arquivo e déixame que te mire Susan, cariño."

Estaba mirándoa coma un lobo famento que estendía a man para levar o arquivo.

Rubindo profundamente, deulle o arquivo.

Fixo un son "hmm" e rodeouna.

"Amósate, pequena Susan".

Os seus ollos abriron e mirou ao seu rostro por unha broma, pero non viu ningunha, polo que ampliou a súa postura e levantou as mans á caluga detrás do pescozo.

"Oh, campás, que encantador. Sabía que lle gustarían" campás para a súa Susan "."

Riu en voz alta e deu unha palmada a Anne no cu dicindo:

"Non cho dixen!"

Sen saber que facer e sen querer parecer desobediente, antes de que este Mestre volvese ocupar o seu lugar mentres a vía, quedou conxelada.

"Salta Susan, quero escoitar as campás".

Ela saltou e el axitou a man para que continuase.

Intentouno, pero os seus saltos foron pequenos cando se balanceou nos tacóns altos, tremendo cando a saia subiu e caeu mostrando a súa desnudez debaixo dela.

Case caeu nun momento ata que estendeu a man. e agarrouna do brazo para estabilizala.

"Grazas, señor Clarkson". Xafou.

"Coñeces a Susan, tes as tetas lúdicas máis vistosas que vin desde hai moito tempo. Debes pensar en perforarte os pezóns. Os teus peitos parecerían aínda máis agradables e irresistibles para o teu amo." Alan dixo moi en serio mentres a estudaba.

Ela palideceu mentres falaba.

Debeu ver a mirada nos seus ollos cando se volveu rapidamente cara a Anne.

"Quítate a camisa para que Susan poida ver a túa".

Volveuse cara a Susan.

"Fíxoas facer pouco despois de unirse á empresa".

Susan mirou á muller loura incapaz de atopar os ollos de Alan mentres se ruborizaba aínda máis.

Anne levaba un sutiã que non cubría os peitos grandes, senón que os apoiaba coma un estante.

Os seus peitos estaban adornados con largos e longos pendentes dourados, pendurados dos pezóns.

Susan conxelouse ata que Alan enganchou o dedo no anel esquerdo e levantouno, forzando o peito a estirarse en forma de cono facendo que Anne xeme guturalmente.

Alan lambeu os beizos e sorriu.

"É fermosa, non é Susan?"

"Si, señor Clarkson".

"Irresistible como dixen, pero todos temos que traballar antes de poder xogar". Fíxolle un sorriso contaxioso e chiscou un ollo: "É mellor que atropeles á túa mesa Susan, o teu Mestre estará esperando por ti, estou seguro. Avísalle que mirarei o arquivo antes de xantar hoxe. Vémonos alí".

Riu e enviouna de volta, aínda suxeitando a unha queixumeira Anne polo anel de ouro.

"Si, señor Clarkson", dixo Susan dándose a volta e case correndo da oficina, pechou tranquilamente a porta detrás.

Respirando profundamente para acougarse, volveu á oficina do seu Mestre.

Non querendo parar nin falar con ninguén no camiño de volta á mesa, camiñou coa cabeza baixa, escondendo o rubor e encorvada para tratar de disimular as tetas tintinantes.

Chegou á súa mesa a unha velocidade récord e envioulle unha mensaxe instantánea para avisarlle de que regresaba.

A SALA DOS CASTIGOS

Chamouna de inmediato.

Escondeu no seu despacho e caeu de xeonllos xusto fóra da porta.

De pé e camiñando cara a ela á entrada da habitación, ladrou:

"Sígueme. Chegas tarde".

Saltou de pé e correu detrás del nunha habitación contigua a poucos pasos detrás del.

Esta habitación tiña unha estraña decoración.

Deuse a volta.

"Espida, pero mantén as medias".

Axiña cumpriu co berro das súas ordes, obedecéndoo sen pensar, permanecendo espida e tremendo, mentres tintinaban as campás das súas tetas.

A súa atención centrouse nel mentres o vía abrir un caixón e sacar un corsé branco.

Camiñando detrás dela, envolveulle o corsé ao redor do corpo e comezou a atala firmemente á cintura.

As solapas de copa seguiron a curva dos seus xoguetes tetas e remataron xusto debaixo dos pezóns.

Sobre a cadea dourada e as campás sobresaían uns botóns de cor rosa pequenos, duros e encadeados, que engadían o seu gallo aos seus xemidos.

Mentres tanto, seguía mirando sen ver a parede e concentrándose nas mans, apreciando a sensación do corsé co que a ataba.

Deulle unha labazada na culata cando acabou.

Ela berrou máis de sorpresa que de dor mentres el a ergueu coma unha boneca e a tirou, fixándoa nunha viga acolchada que formaba parte dos estraños mobles desta habitación.

Era alta e atopábase colgada polas pernas e dando patadas á viga para recuperar o equilibrio mentres volvía a bater o culo.

Marchou preguntándolle un pouco.

"¿Que lle levou tanto tempo, pequena escrava? ¿Perdeu o tempo para que todos os executivos vexan que gran puta es coa súa nova roupa e accesorios?"

Ela xemía, ruborizándose aínda máis.

O seu rostro púxose vermello escarlata cando a man quedou impresa na súa nádega.

Sentiu como se movía e rozaba contra ela mentres os dedos abrían as nádegas e a palpaban.

El mirouno por encima do ombreiro mentres el o miraba para o cu e ruborizaba aínda máis, a súa humillación por desagradalo e a posición vulnerable na que estaba a provocar que se abrollase ás súas palabras.

A súa respiración era difícil debido ao apretado corsé polo que comezou a xemer e a xemer.

As súas mans abriron as nádegas e el mirou cara ao xoguete teimudo, mentres ela tremía co cu apretándoo.

Pasou as mans pola súa pel lisa e deleitouse co feito de que ela era súa para dominar e gozar como desexaba.

Mirando como brillaba o seu bichano mollado mentres os dedos xogaban co enchufe, el rosmou:

"Vexo que che gustou usar isto para min, cadela pequena".

Falou cun bordo na voz mentres apertaba lixeiramente o enchufe para que o ano se estendese lentamente diante dos seus ollos.

Ela xemía, case sen alento.

"Si Mestre".

Sorriu gozando da vista e do son deste pequeno corpo perfecto.

A súa música queixosa nos oídos mentres sacaba o enchufe, observaba lentamente como se abría o anel do seu ano e apertaba lentamente coma unha estrela escura.

Volveulle a burlar co dedo:

"Cada parte de ti é miña, pequena escrava! Nada está fóra de límites para o teu Mestre."

O seu dedo metiuna dentro dela escoitándoa berrar en resposta a el.

Sentía a fame por el apenas controlada, polo que afastou a man e afastouse dela rosmando:

"Comprende que agora teño que castigar a súa tardanza, non?"

"Sí señor."

Sentiu a picada no trasero, non tan forte coma onte, pero o suficiente para facela suspirar e perder de novo o equilibrio na viga mentres se mecía e se mecía.

Sentía a marea, un formigueiro queimaba na carne e comezou a botar desculpas e escusas.

Silenciouna con outro golpe de látego.

Continuando mentres os seus dedos corrían sobre as dúas tubaxes.

"Debes perder o tempo desde que fixeches corenta e cinco minutos de atraso".

O látego golpeouna de novo dúas veces seguidas e ela berrou e tirou da viga.

"E durante os cinco minutos adicionais ..."

O látego aterrou duramente nas coxas.

Ela xemía de bágoas que lle difuminaban o rostro mentres as picaduras de ráfagas irradiaban dor ardente polo corpo.

Puido ver o seu bichano relucir de molladura, polo que moveu o látego entre as pernas rozando a punta plana de coiro sobre o seu clítoris.

Xadeou e axitou.

Seguiu xogando con ela forzando un dedo no cu mentres se estremecía e xemía coas cadeiras balanceándose entre a man e o látego presionado contra o seu clítoris inchado.

Comezou a bombear o dedo máis forte contra ela engadindo un segundo dedo mentres resistía e miañaba na necesidade.

Chegou explosivamente case caendo da viga, pero a súa man entrou no cu.

"Que puta traviesa es, eh? Como che gusta a dor"

Retirou os dedos dela mentres vía como o corpo se contorcía con espasmos.

"Tes que esperar a que o teu Mestre che diga cando podes vir, escravo"

O látego entroulle na carne unha vez máis e berrou.

"¿Me entendes, escravo?"

"Sí señor."

Berrou cando o látego volveu a botar unha dor moi ardente polas coxas.

Sentiu máis do que viu a pequena franxa elástica de tecido que el levantou as pernas e acomodouse ao redor das cadeiras antes de sacala da viga e levantala sobre as pernas inestables.

Mirou cara abaixo, a tira de material fíxose o suficientemente ancha como para cubrir o seu sexo e ao principio pensou que podería ser coma un cinto.

"Amosa escravo", dixo mentres levaba as mans á cintura e ensanchaba e axustaba a postura das coxas e do cu a cada movemento.

Entendeu agora que era unha especie de saia para mostrar.

Camiñou cara a un armario e sacou un par de tacóns brancos, colocándoos aos pés para que os puxera.

El rodeouna, cos dedos trazados sobre as liñas bordeadas vermellas que mostraban debaixo da súa vistosa saia.

"Nunca te viches máis Susan ca agora, Susy".

Inclinouse en bicar as pistas lacrimóxenas baixo os seus ollos aínda acuosos, falando suavemente.

"Mmm, miña cadela pequena, encántame ver as túas ansiedades, pero esperamos invitados, así que vai ao baño privado na segunda porta da dereita. Alí atoparás as túas marcas de maquillaxe habituais. Arranxa o teu rostro e pelo."

Deulle unha cinta recuberta de ouro.

"Pon esta cinta. Non hai perfume. E volve á miña mesa."

Entrou no baño e púxose diante do espello de corpo enteiro.

"Quen é esa moza?" pensamento. "Que lle pasara á" boa rapaza "que estivo toda a vida? ¿Como se converteu na puta que viu no espello?"

Cambiouse e retorcéndose ao notar que a saia non lle cubría o coño nin o cu en absoluto, senón que resaltaba as súas puntas e o seu constante estado de excitación.

É un xogo, pensou, sabendo na súa cabeza que ía moito máis alá dun xogo e que o único que podía facer era esperar a fin de semana.

"Ao final da semana, que pasaría entón?"

As súas preguntas silenciosas pararon mentres pensaba nesa pregunta.

"Respira", dixo a si mesma, "Só respira e obedece".

Eliberouse das súas preguntas constantes e volveu aplicar a maquillaxe á cara.

Atou o cabelo ondulado nunha cola axustada e volveu ao espello de corpo enteiro.

"Respira, só respira e obedece". Repetiuse.

Botando unha última ollada e respirando lentamente, volveu cara a el camiñando cara á súa mesa e axeonllándose diante del como lle ensinaran.

Observouna camiñar coas meixelas redondeadas do cu deliciosamente expostas, as manchas amosándose vermellas e furiosas mentres camiñaba con coidado sobre os talóns facendo balance as súas cadeiras coma unha puta preparada para o pracer.

"É meu", dixo para si mesmo, case incrédulo.

A súa formación progresara tan ben esta semana; mellor do que podería ter esperado.

Todos os obstáculos que puxo parecían superados con relativa facilidade.

Preocupada constantemente de que ía demasiado rápido, ela case fuxiu onte e vira medo nos seus ollos esta mañá, pero ao final sempre obedeceu.

A súa submisión case fora creada por ela pola combinación do seu pai dominador e a súa nai de doce carácter.

Levaba tanto tempo desexándoa.

Descubrir a súa vontade de dor erótica só alimentou o seu desexo de dominala.

Non quería deixala marchar ao final da semana, aínda que sabía que podería obrigala a seguir sendo escrava por chantaxe ou coacción, sabía que esa relación nunca cumpriría os seus desexos.

Necesitaba un vínculo de confianza e amor mutuo, para que ela quixese o seu dominio como el quería a súa total submisión.

Mirouna longamente momentos mentres ela se axeonllaba diante del.

Traballara duro para chegar a este punto da súa vida.

Tiña a súa propia compañía e club que alimentaba os seus máis escuros desexos de dominar e controlar todo na súa vida.

Tiña unha muller, unha familia e un fogar, a envexa de moitos, pero todo iso nunca fora suficiente.

Podería ter calquera escravo na compañía ou club e levara a moitos deles nalgunha ocasión.

Pero buscara ao mesmo tempo que podía posuír e amar, algo que sempre o esquivara.

Mirouna nos seus brillantes ollos verdes.

Susan era diferente, o seu desexo era que fose moito máis que un corpo para usar e abusar a vontade.

Quería posuír, controlar e coidar á pequena, dominar cada parte da súa vida e amosarlle o profundo que pode ser o amor dun escravo e dun Mestre.

Que diferente de marido e muller, ou amantes, pero era moito máis profundo e máis confiado.

Sacando da súa mesa unha cinta de veludo branco, inclinouse cara adiante para bicala profundamente.

Mentres colocaba a cinta no seu pescozo.

Quedou asustada cando escoitou o golpe do clip que a pechaba coma un gargantón axustado.

As súas mans seguían acariñándoa mentres o bico perduraba.

Acariñoulle os ombreiros e baixou polo peito, beliscando os duros botóns que os sacudían ao escoitar o son das campás e o seu xemido no seu bico.

Quebrando o bico, púxose de pé tirándoa máis preto del polos seus pezóns.

"Os nosos convidados chegarán pronto, veña o meu pequeno escravo".

Levouna á sala de reunións e empurrouna diante del, simplemente dixo:

"Vai por alí".

Mirouna como se mordía o beizo e mirou o número de cadeiras.

Camiñou cara á cabeza da mesa oval e axeonllouse no chan xunto ao que ela pensaba que sería a súa cadeira.

"Moi ben, meu escravo, que aprendiches ben das cousas hoxe".

ENCONTRO COS MESTRES

O persoal da cociña chegara coa comida e estaba ocupado na pequena cociña preparando os últimos detalles da festa.

Mentres tanto, o seu Mestre colleu unha cadeira grande e indicou que sentaría ao seu carón, indicando un lugar no chan.

Ela fixo unha mueca ao ocupar o seu lugar e escoitou como lle falaba baixiño:

"Os homes que veñen hoxe son algúns dos meus amigos máis vellos. Tamén son amos e traerán aos seus escravos con eles".

Mirouna como absorbía as súas palabras e logo continuou:

"Vai obedecelos como me obedecerías. Pero non deixarei que te doia, pequena Susy."

Mordeu o beizo, as puntas decoraban o fondo e as pernas aínda palpitaban con probas do que pasaría se o decepcionase.

Ela levantou a vista cando calou e mirándolle aos ollos, murmurou:

"Se me encanta".

Estaba a piques de preguntar algo máis sobre os seus hóspedes cando un home que tiña unha rapaza con correa entrou na oficina.

Sorriu cálidamente, estendeu a man, agarrando o de Robert e axitouno firmemente.

"¿Somos os primeiros en chegar?"

"En realidade Steve, é certo. Encántame verte". Mirou cara abaixo e preguntou: "E como estás hoxe, Shaky?"

Susan sorprendeuse cando a rapaza respondeu cun "Hiip", como o son dun can pequeno e retorcéndose cando lle deu unha palmada na cabeza.

Susan mirouna máis de cerca ao decatarse de que levaba un colar de coiro vermello coa palabra "cadela" escrita en diamantes pola parte dianteira.

Susan admiraba o vestido de encaixe que levaba o escravo cando escoitou o seu nome e mirou cara arriba, ruborizándose, cando o outro Mestre a saudou.

"Encantado de coñecelo, señor", saíu con voz chirriante mentres se ruborizaba aínda máis, consciente do exposto que se sentía.

A súa atención volveu á porta cando escoitou a forte risa de Alan Clarkson, que entrou cun home idéntico ao home que acababa de saudala.

Susan mirou dun a outro coa cabeza xirando mentres vía aos dous mestres xemelgos.

Atordado, tardou un momento en decatarse de que unha delgada moza seguía en silencio detrás da parella de risos Amos.

O que entrara con Alan era o mestre John, o irmán xemelgo de Steve, seguido dunha delgada moza, a súa escrava Samantha.

Por suposto, tamén estaba detrás de Anne, que lle sorrí e chiscoulle un ollo.

Os dous últimos membros do grupo chegaron coas súas mozas en cuestión de minutos.

Susan sentouse en silencio intentando non chamar a atención mentres os homes se saudaban e as nenas.

Inclinou a cabeza e sorriu cando a recibiu, sen confiar na voz estridente que saudara ao primeiro Mestre.

Por iso calou no seu nerviosismo.

Todo o mundo mudouse á sala de reunións, que o talentoso persoal da cociña lle deu a sensación de vello comedor.

Susan estudou os últimos convidados.

O mestre Barry era un home grande, vestido con máis casualidade que os outros Masters, xa que levaba vaqueiros e unha chaqueta que parecían estraños en contraste cos traxes finamente elaborados dos outros mestres.

A el seguiulle Cinthia, unha rubia alta e de aspecto atlético cuxos músculos parecían ondearse a cada movemento.

A última parella foi o mestre James, un señor maior cos ollos azuis brillantes que foi seguido por Amy, unha rapaza gordita cunha boca diminuta que a facía parecer un anxo de cupido.

Todas as nenas sentáronse coma ela xunto ás cadeiras dos seus respectivos amos mentres os camareiros entraban con viño e comida para o primeiro prato.

A man do seu Mestre alimentoulle pequenos bocados do prato e ela deleitouse co sabor da comida rica.

Observou ás outras mozas como os Masters discutían sobre amigos e amigos.

Anne estaba dobrada cos brazos arredor da perna do seu Mestre, Shaky parecía enrolarse nos pés dela, Amy apoiara a cabeza na coxa do seu Mestre e Cinthia semellaba case sacudir a cola de cabalo con pequenos movementos da cabeza.

Anne chamoulle a atención e chiscou un ollo.

"Necesitamos unha campá de servizo aquí Robert, onde están eses camareiros?" Queixouse o mestre James.

"Quizais poderiamos sacudir a Susan" Alan riu.

Os ollos dos Masters máis vellos ilumináronse ante a perspectiva e logo engurraron o ceño.

"Unha rapaza tan curta dubido que poida facer bastante ruído".

Robert riu de bo humor.

Algunha vez deixas de queixarte, James? "

"Podería facelo se lle botas unha sacudida a esa nena túa".

Susan observou como o seu Mestre baixaba a man e tiraba a cadea entre os pezóns e a sacudía, facendo soar as campás.

"Supoño que tiñas razón James, non fai moito ruído".

Despois de dicir isto, a súa man disparou coa velocidade dun raio golpeando a súa tit dereita facendo que gritase máis de sorpresa que de dor.

"¿Foi mellor?"

"Iso apenas foi máis que un berro".

James sorriu e os seus ollos azuis brilláronlle.

Como en resposta ao chamado chirrido, apareceron os camareiros que retiraron os pratos substituíndoos por comida máis suntuosa.

Os Masters volveron falar de negocios mentres Susan estudaba unha vez máis ás mozas.

Preguntouse se elixiron ser escravas ou se, coma ela, quedaron atrapados nesa situación.

Pero quedou atrapada?

Ao principio quizais, pero agora non estaba moi segura diso.

Se cadra comezaba a gustarlle máis que nada.

Volveu mirar ao redor do grupo e negou coa cabeza.

Isto case non parecía real.

A normalidade de sentar e tomar pequenos bocados coa man do prato do teu Mestre coma se se fixese todos os días.

Quizais quedara tan atrapada neste xogo que xa non vía a súa escravitude como algo malo?

Os seus pensamentos correron pola súa mente mentres abría e pechaba obedientemente a boca por outro bocado.

Preguntábase se as afectacións da moza formaban parte da súa propia personalidade ou se foran conformadas á vontade dos seus amos.

E tamén se preguntou como estas rapazas deberon mirala, co seu constante rubor e inxenuidade,

¿Poderías dicir que non era unha verdadeira escrava?

Perdida nos seus propios pensamentos, non estivera escoitando as conversas dos señores e sorprendeuse cando os outros señores comezaron a levantarse e saíron da habitación deixando ás nenas soas.

Ela mirou cara ao seu Mestre con curiosidade cando el tamén se levantou.

Alcanzou a man e acariciouna suavemente.

"Volverei pronto pequeno".

Ela asentiu lixeiramente e observounos marchar.

En canto se pechou a porta, Amy regordeta levantouse e explorou a mesa antes de escorregar no asento baleiro do seu Mestre e levantar a copa de viño case chea ata os seus diminutos beizos.

Samantha pechou os ollos.

"Es unha mocosa Amy, mellor non deixes que te collan alí".

"Dálle un respiro Samantha, non es a moza máis vella aquí". Shaky interviu: "Amy sempre é unha mocosa que non vai cambiar, ademais temos que divertirnos coa nova moza". Lanzou un sorriso dentado na dirección de Susan. "Debes contarnos a encantadora Susan como pillaches ao esquivo mestre Robert".

Arrastrouse máis preto dela e deitouse no estómago coas mans apoiadas no queixo mentres agardaba unha resposta.

Como podería dicir a estas nenas que a pillaron?

Que non sabía nada da escravitude e que isto comezara como un xogo para ela.

Os pensamentos de Susan correron e ela ruborizouse profundamente cando as mozas a miraban agardando unha resposta.

Samantha rescatouna:

"Non creo que Susan tivese nin idea de todo isto, cariño".

Susan negou coa cabeza, baixando os ollos.

E Samantha continuou murmurando conspiradamente aos demais:

"Nunca fora escravo antes desta semana". Deuse a volta a Susan e deulle un sorriso tranquilizador: "Non te preocupes cariño, estas nenas realmente non se divertirán contigo. Deixámolo aos Masters". Ela riu.

"De ningunha maneira! ¿É certo?" Shaky mirou o rostro de Susan con ávida curiosidade.

Amy tamén se achegou: "Ben, ben, unha doce rapaza inocente, que tería pensado que iso era o que buscaba o mestre Robert, sorprendida ao coñecer os seus gustos".

Susan intentou evitar a súa propia sorpresa mentres falaban dela, pero puido sentir a calor do rubor enchéndolle as meixelas.

Amy continuou: "O teu amo nunca tomou a un escravo como seu. ¿Cres que te manterá?"

Susan levantou os ollos abertos e berrou:

"¿Quédame?" ela negou coa cabeza: "Pensei que ía ser un xogo divertido, pero agora todo está borroso na miña mente. Con todos vós aquí, parece o máis normal do mundo, pero non sei realmente o que estou a facer a maior parte do tempo".

"Ai cala cariño, todo está ben". Samantha dixo cun guiño: "Estiven mirándote toda a semana e cada día que pasas estás parecendo máis incrible".

Shaky sorriu. "De verdade es un novato, non! Ben, xa sabes, se te deixou coñecer a todos os nosos mestres, creo que ten pensado manterte preto durante un tempo." Shaky lambeu a meixela de Susan facéndolle rir: "E estaría ben ter unha nova compañeira de xogos ou prefires a Samantha?"

Amy mirou para abaixo da mesa e frunciou os beizos:

"Hai moitas rapazas escravas no club que levan sufrindo levar o colo do mestre Robert. Se decide quedar contigo, deberiamos poder escoitar os berros de todas elas". Ela riu, batendo as mans e tomando outro grolo do viño do seu Mestre. "Encantaríame ver algúns dos seus rostros cando o descubran".

"Supoño que o que queren dicir as mozas é que parece que o mestre Robert ten pensado mantelo con el". Anne detívose cando viu a ansiedade nos ollos de Susan. "Gústache ser o seu escravo, non?"

Susan quedou sorprendida pola pregunta.

Gustoulle?

Mordeu o beizo mentres o pensaba.

Estivera dicíndose a si mesma que era unha boa rapaza obrigada á escravitude, pero como podería dicirlle a estas rapazas?

Quería desesperadamente preguntar como se converteron en escravos.

¿Tiñan a opción de decidir se ... estaban de acordo?"

Cinthia bateu a cola de cabalo, bufou lixeiramente e inclinou a cabeza.

Amy esvarou ao chan apuntando co dedo cara a Cinthia e murmurando:

"Non sei como fai iso!"

Un momento despois, a porta abriuse e chegaron os camareiros para limpar a mesa.

Cada unha das nenas quedou en silencio na habitación mentres os camareiros traballaban axiña para encher a mesa de froita e queixo e deixábanas soas unha vez máis.

De novo, as outras mozas miraron a Susan aínda esperando algún tipo de resposta.

"Non sei o que estou facendo, e moito menos o que quero", dixo Susan con tristeza. "Isto é diferente de todo o que vivín antes. Todos parecedes tan agradables, así que, normal. Normal!" Cinthia resoplou e levantou unha cella. "Ben, xa sabes ao que me refiro, para o mundo normal, o estereotipo dun escravo sexual é ..." Buscou a palabra correcta.

Desistindo, encolleu os ombreiros.

"Oh, vale boneca", Anne chegou á súa defensa. "Coñecemos o estereotipo, pero mantén os ollos e a mente abertos a todo o que ves e escoitas e entenderás que non hai nada normal en todo o mundo. Pensa no sexo como un xeado, se a todos lles gustaba a vainilla Que mundo aburrido sería ".

Amy pechou os ollos e logo asentiu coa cabeza a Susan.

"O xeado é unha vella analoxía pegajosa, pero funciona. Á xente gústanlle cousas diferentes, comida, coches, roupa e sexo. Eu diría que tes que decidir por ti mesmo, pero creo que esa decisión xa se tomou por ti".

Susan mordeu o beizo e estivo a piques de protestar por que tiña un día máis para decidir, pero o seu sistema de alerta temperá, Cinthia, trouxoos de volta ao seu lugar xusto cando os Lords volveron aos seus asentos e falaron xovialmente sobre os negocios dos coñecidos mutuos.

Despois do que parecían horas, pero probablemente non máis dunha, Amy sufocou un bostezo sen moito éxito e chamou a atención da mesa.

O mestre James mirou cara abaixo: "Pois iso é o que consegues por estar desperto pasado o teu bebé antes de durmir".

Levantou a mirada facendo un puchero e comezou a protestar: "Pero ..."

Unha mirada severa do seu Mestre conxeloulle a lingua e excusouse e axeonllouse máis.

James entón sorriu e arruinou os rizos

"Por que non lle preguntas ao mestre Robert se podes xogar coas campás de Susan para manterte ocupado un pouco máis e logo te levaré a casa, pequeno?"

A picardía brillou nos seus ollos cando se levantou e volveuse con tanta dozura cara a Robert dicindo.

"Oh, por favor, mestre Robert, ¿podo? Son unhas campás tan fermosas e tes un fermoso escravo."

"Como podería dicir non a unha rapaza tan doce?" Robert sorriu.

"Grazas mestre Robert, grazas!" Amy burbullou e desapareceu baixo a mesa para arrastrarse ata Susan.

"Parece que agora está esperta". Alan riu cando Shaky deu un berro emocionado e calmouse cun rápido tirón na correa.

"Parece que todos queren xogar coa nova moza". Barry murmurou.

Robert sorriulle.

"Non podo dicir que os culpo, gústame moito xogar con ela".

Isto recibiu moitas risas e atopouse unha vez máis ruborizándose con furia baixo o escrutinio da sala.

Amy estaba feliz sentada ao seu lado xogando cos pezóns de Susan e tocando as campás a varios tempos mentres a conversa continuaba ao seu redor.

Sentiu como o seu Mestre xogaba coa súa cola de cabalo e mirou aos seus penetrantes ollos.

Respirou e os seus propios ollos abriron cando sentiu como a boca de Amy se apretaba ao redor do pezón.

Cando tocaba as campás cos dedos, a lingua movíase sobre a súa dura punta rosa.

Os ollos do seu Mestre escintilaban e as esquinas engurrábanse nun sorriso que non se atopaba só na boca.

"Parece que a miña moza está moi emocionada como de costume, é mellor que a conduza a casa ou estará demasiado nerviosa para durmir de novo. Veña rapaza, levámosche a casa". O mestre James púxose de pé mentres falaba.

Amy botou a cabeza cara atrás e soltou o pezón que estivera a amamantar cun forte estalido.

Mirando cara arriba, preguntou suavemente:

"Podo bicala para despedirme?"

"Si nena. Entón agradece ao mestre Robert e imos".

Amy colocou unha man sobre a meixela de Susan e a outra no pescozo de Susan, manténdoa no seu sitio mentres presionaba os beizos contra os seus.

Susan sentiu a insistente lingua e separou suavemente os beizos cando a gordiña a bicou suavemente pero profundamente explorando a boca cunha aleteosa lingua deixando a Susan sen alento ao final do bico.

"Adeus meu novo amigo, espero que nos vexamos moitas veces máis. Ten que vir nunha cita para xogar, teño tantos xoguetes estupendos!" Ela queixou cando o seu Mestre se aclarou a gorxa e púxose de pé: "Grazas por deixarme xogar co mestre Susan Robert".

"Benvido, cariño, durme ben. O teu malhumorado vello Mestre semella malvado".

Amy puxo o seu rostro inocente máis sedutor: "¿Cres que?" Mirou ao seu Mestre de arriba a abaixo: "Quizais debería sacar o meu kit de enfermeira cando cheguemos a casa e lle faga un cheque".

"Oh, creo que definitivamente é o que precisas. Agora vai e vai a casa."

James xemeu: "Grazas por iso meu amigo, quizais a próxima vez poida encher a cabeza de Susan de tarefas para manterte ocupado".

Amy sorriu e volveuse á mesa: "Adeus mestres e nenas".

Despois colleu a man do seu Mestre e procedeuno a sacalo da habitación mentres se despedía.

Steve riu dicíndolle tranquilamente a John:

"Ah, creo que será outra noite memorable para ese descarado mocoso".

John riu.

"A non ser que James decida azotala no longo camiño cara a casa".

"Cinthia e eu tamén deberiamos estar de camiño agora, quero ir ao club de equitación e temos moita preparación por facer". Barry retumbou no seu profundo ton de barítono.

Robert levantouse e sorriu.

"Oh, si, por suposto. Foi unha sorte que estiveses na cidade para o noso reencontro. Grazas por vir a Barry".

Robert dirixiuse cara á porta do salón antes de virar e indicoulles aos demais:

"Por que non nos movemos ás cadeiras máis cómodas cando se achega a noite? A vista é bastante boa alí".

Os Masters levantáronse e seguiron coas súas mozas detrás.

Anne empuxou a Susan a moverse.

Estivera vendo a Cinthia e a ela camiñar coas súas longas pernas cando a referencia ao club de equitación finalmente fixo clic na súa mente.

Mirou máis críticamente ás outras mozas que intentar ver as súas calidades, por así dicilo.

Shaky era un adorable cachorro e Anne era unha nena exuberante e sexy, pero Samantha confundiuna.

Susan quedou desconcertada cando viu á nena camiñar, era tan divertida coma se fose unha bailarina.

Susan volveuse sentir fóra de lugar, non había nada especial nela e tiña moito que aprender.

Deuse conta de que nunca podería ser especial coma estas nenas e que o seu Mestre só estivera xogando con ela.

Con isto deuse conta de que non o faría, non podería mantela como a súa escrava se non tivese unha calidade especial.

Sentiu un alivio de que non tería que decidir por si mesma.

Pero axiña a sensación foi seguida por unha angustia de tristeza.

Mordeu o beizo perdido no pensamento, seguindo ao seu Mestre ata a súa cadeira e sentándose ao seu carón.

Ela sacudiu os pensamentos da cabeza cando o seu Mestre enrolou a man na cola de cabalo unha vez máis e mirouno.

"Oe John, fai que a túa moza me sirva irmán, este escravo non serve para nada con nada que non veña nunha botella nin poida."

Steve empurrou a Shaky co pé e ela rosmou suavemente cara a el, facendo que el engurrara o ceño.

Cun guiño do seu Mestre, Samantha dirixiuse cara ao Mestre Steve cos pés bailando.

Ela presionou o seu corpo contra el lambéndolle o pescozo á orella, mordiscando suavemente e ronroneando:

"Mestre, que queres que che consiga esta escrava esta noite?"

"Un escocés por favor, querida".

Samantha despregouse do seu corpo, xirando as bolas dos pés e ela derrapouse na cociña.

Limpou un vaso novo e xirouse lixeiramente para ofrecer aos observadores unha visión do contorno sensual e curvo do seu corpo mentres el deslizaba o bordo do vaso cara arriba e sobre o inchazo dos seus seos, tremendo e respirando profundamente.

Susan estaba mirándoa fascinada.

Anne encheu o vaso ata a metade antes de abrir a porta do conxelador, deixando que o aire frío a envolvera.

Este aire fíxolle endurecer os pezóns, revelando claramente as puntas puntiagudas baixo a fina roupa de seda que levaba.

Colleu xeo e deixouno caer no vaso cun chisco afiado.

Pechou a porta do conxelador cun movemento de cadeira e inclinouse cara atrás, sacudindo a cabeza e facendo caer o pelo nunha onda de seda escura.

Volveuse cara ao Mestre, co peito rozándolle o brazo e levantando primeiro o vaso aos beizos, para bicar o bordo, ronronea:

"O teu whisky, mestre Steve, este escravo espera que o teu servizo che agradase".

"Un servizo exquisito coma sempre e algo doce. Agora volve ao teu Mestre antes de esquecer a quen pertences. "

A Susan temíalle que Samantha fixese servir unha bebida tan sensual.

Atopouse desexando poder facelo e levantou a vista para ver a reacción do seu Mestre só para atopalo vixiando de preto.

Os seus pensamentos saltaron á súa cabeza.

¿Sería tan divertida agradalo?

Quizais poida aprender a ser tan graciosa e atractiva, e quizais entón o Mestre querería quedar con ela.

Tiña a convicción de que a mandaría fóra despois de que fora a semana.

Atrapada no seu pensamento adiante, volveuse preguntar a si mesma: "¿Era esta a vida que quería, ser escrava, para negarlle a liberdade de elección obedecendo todos os seus mandos? ¿Podería aprender a ser especial dalgún xeito? que lle gustaría? "

O seu desexo de agradalo unha vez máis afogou todas as outras preguntas e volveu a atención cara aos señores que continuaron bromeando mentres pasaba a tarde e o ceo se tornaba tinto negro.

O xemelgo Masters rexeitou outras bebidas alegando que tiveron un compromiso no club esa noite e Alan tamén afirmou que estaba desexando visitar o club e ver o que estaba exposto.

Robert negouse a unirse a eles, alegando que aínda tiña traballo por atender.

Levantouse para camiñar cara á porta da reunión conversando amablemente e Susan seguiu en silencio agradecendo a Anne todo o seu apoio durante a longa tarde e pola noite.

"Ah cariño, non foi nada, todos fomos novos nalgún momento deste estilo de vida".

Bico a Susan na meixela, Anne seguiu a Alan no ascensor.

Cando o ascensor pechou por fin, Robert volveuse e volveu á oficina, seguro de que seguiría.

Cando ela se axeonllou diante del, sentado de novo sobre os talóns, el inclinouse cara adiante para acariñarlle a meixela.

"Estou moi feliz coa túa actuación hoxe, rapaza".

El inclinouse para bicala profundamente e ela sentiu bolboretas flutear no seu ventre e unha emoción percorría o seu lombo.

Estiven feliz!

A alegría que sentiu era palpable combinada co seu bico.

Non pensaba máis que como as súas palabras e o seu toque a facían sentir.

"Agora que nos aseguramos de ter a noite libre, imos xogar a un xogo Susy. Sei como che gustan os xogos". Sorriulle un sorriso sabedor.

"Sí señor." Ela murmurou.

Tiña a esperanza de que a desaparición dos invitados lle permitise irse a casa e relaxarse.

Fora un día moi longo e estaba moi confusa, con todos os seus pensamentos enredados na súa mente.

Continuou:

"Cada unha podemos facer tres preguntas sobre esta noite. Podes preguntarme todo o que queiras saber sobre os nosos hóspedes e a tarde. Fareiche preguntas sobre o que espero que aprendiches. E coma sempre, se non estou satisfeito coas túas respostas haberá consecuencias". .

Esvarou sabendo que non estaba a prestar a suficiente atención aos pequenos detalles e a súa mente vagaba a miúdo,

Debería intuír que habería unha proba, sempre a probaba dalgún xeito.

Pero ela asentiu e murmurou:

"Se me encanta".

"Ben, agora imos comezar, dame o nome de cada hóspede e o seu escravo".

Respirou profundamente e cun tremor na voz comezou:

"Alan Clarkson e a súa escrava Anne, Steve Goodman e o seu escravo Shaky, John Goodman e a súa escrava Samantha, James Smith e a súa escrava Amy, e Barry Collins e a súa moza Cinthia".

Mordeu o beizo, sen ser presentada formalmente, escoitara os primeiros nomes e relacionara os apelidos polo seu coñecemento práctico das notas e correos electrónicos que lles enviara como axudante.

"Moi impresionante", sorrí, "pero temo que como escrava, que era o teu único papel esta noite, todos deberían ser tratados como Mestres seguidos do seu nome". deulle unha palmada no colo cando a viu caer o beizo inferior: "No meu colo, pequena Susy".

As dolorosas baleiras que a marcaran como puta a principios do día xa desapareceran.

Pasou a man polo seu trasero suavemente antes de golpealo con forza e ver como a pegada da man comezaba a brillar de cor rosa sobre a súa pel lisa.

Mordeu os beizos queixeando mentres movía as pernas.

Mentres tanto, a súa man baixou catro veces máis, unha por cada un dos mestres que asistiran ao xantar tarde.

Algunhas bágoas derramáranlle polas meixelas, máis por decepcionalo que por golpes, cando lle tocou o cu e suxeriu:

"A túa quenda".

Ela pensou e preguntou:

"Cada unha das nenas era especial dun xeito único, xa que Shaky era unha nena cachorrita, están adestradas para ser así polos seus mestres ou é así como son naturalmente?"

"Algúns escravos teñen predilección por un determinado papel e serán tomados por un mestre e adestrados para os seus desexos e necesidades". Fixo unha pausa un momento antes de continuar: "Algúns mestres prefiren un lenzo en branco e collerán a unha moza e daranlle forma ao seu gusto. Non obstante, para calquera das dúas posibilidades, a moza debe ter unha submisión natural. Forza A escravitude dunha rapaza non sempre resulta tan ben como lle gustaría a un mestre ".

A súa mente saltou.

Non estaba sendo forzada?

Comezara como un xogo.

Ela aceptara ser súa e obedecelo completamente durante unha semana.

Ela admitiu que non fora obrigada a aceptalo, pero non sabía realmente o que aceptaba.

A man que lle acariciaba o tras se detivo cando comezou a falar e ela escoitou atentamente a súa seguinte pregunta.

"Das seis nenas que hai aquí esta noite, fálame de cada unha delas como tal as viches."

Sabía que só había cinco nenas, pero non lle gustaba corrixilo mentres se atopaba nunha posición tan vulnerable, polo que comezou:

"Shaky é moi parecido a un cachorro. Creo que Cinthia é un pônei. Amy é moi infantil. Anne é unha bomba rubia tetona. Samantha desconcertoume, pero creo que é unha bailarina e móvese con moita graza".

Virou a cabeza para miralo con esperanza.

Golpeoulle duramente o cu dúas veces.

"Anne, coma ti, miña pequena Susy, espértase pola dor dun xeito que a maioría das escravas non gozan. Samantha, por exemplo, non a esperta nin a pena nin o castigo. O seu pracer vén de agradar. O seu Mestre. E brilla no xeito de servir, bailando. O seu Mestre segue o modo de vida dos orientais. " A man volveuse a volar e levantou unha cella: "E a sexta?"

Mordeu o beizo cun ceño fruncido mentres a mente corría intentando descubrir a quen botara de menos na súa resposta.

Ela observou o seu sorriso mentres a man baixaba de novo.

Ela berrou e botou un grito:

"Non entendo porque só había cinco nenas".

Volveuna a golpear cando respondeu:

"Esqueciches o escravo máis importante, o meu!" A man baixou de novo para marcar o seu punto. "Estabas alí, non si?"

Ela volveuse e berrou:

"Si, mestre, pero non son especial, non teño ningún talento especial".

Baixou a cabeza caendo bágoas.

O seu corazón saltou un latexo, era realmente inocente e inxenua, tan especial na súa necesidade de agradar e servir que soportou todas as esixencias que lle fixera e aceptou os seus castigos case de bo grado.

Era, co seu rubor e doce disposición, o epítome de inxenuos e nin sequera se decataba.

A súa doce princesa en público e a súa puta amante da dor en privado cando o quería.

"¿Non che dixen toda a semana que es especial? Que ten de especial o meu desexo por ti e a necesidade de ser amo de ti? Coñecendo a algúns dos meus amigos, cres que os presentaría a un escravo que non o era? especial? " Case rugiu o último, facéndoa estremecer e a súa mente axitada de confusión.

Susan xemeu.

"Si Mestre, quero dicir que non Mestre, Oh ...", berrou: "Non sei a que me refiro".

A súa man seguiu baixando sobre o seu burro agora vermello facéndoa xemer máis, a calor que atravesaba o corpo mentres a golpeaba fíxolle frotar a barriga polo colo mentres sentía medrar a súa dureza e o coño rozáballe a coxa.

Pechou os ollos jadeando e xemendo forte.

A calor, a dor e a sensación del enviaron espasmos polo seu corpo.

Xusto cando estaba a piques de vir, deixou de colocar a man pesadamente sobre o pequeno lombo que a suxeitaba para que non puidese moverse.

"E a túa seguinte pregunta é ..."

Non podía pensar con claridade, a súa necesidade de vir era tan urxente que o corpo tremía e xemía.

"Que queres agora mesmo e necesitas preguntarlle a unha cadela?"

Sentiu o intenso rubor da vergoña cubríndoa mentres expresaba a súa necesidade:

"Por favor, Mestre, necesito vir, déixame vir."

Era a primeira vez que lle facía preguntar e foi como un obstáculo final que saltara sen esforzo.

Levantou a man en movemento e comezou a azoutar as meixelas redondas e firmes, coa man rebotando na superficie vermella cando se golpeou contra a súa coxa e o seu pau.

El queríaa tanto que dubidaba de que puidese esperar a semana para levala, pero precisou esperar para asegurarse de que quedase.

Ela endureceuse e soltou un longo e jadeante berrito mentres negaba coa cabeza, nadando con dor e pracer.

A súa buceta latexaba co semen tan necesario que parecía disparar correntes de pracer polo seu corpo coma disparos mentres seguía cum durante moito tempo.

Finalmente caeu coxa no colo.

Colleuna e acunouna nos seus brazos.

Mentres ela recuperaba o seu pequeno e tremendo corpo acurrucado nos seus brazos.

Sorriu.

"Parece que o azote non é un castigo para ti, miña pequena cadela de dor. Agora só fixeches unha pregunta, así que supoño que volverá ser o meu turno".

Saltou e suspirou ao darse conta de que o xogo non rematara e sacudiu a cabeza para limpar os seus pensamentos.

Abrazou o queixo e inclinou a cabeza cara arriba para mirala aos ollos.

"Canto dura unha semana, Susy?"

A pregunta sorprendeuna, mordeuse o beizo pensando que debía haber unha resposta alternativa á obvia, pero non se lle ocorreu ningunha, polo que ela murmurou:

"Sete días".

Sorriu mentres observaba o amencer da comprensión no seu rostro.

"Fixeches ben durante a primeira metade da túa semana, meu pequeno escravo". Dixo asegurándose de que entendía o seu pleno significado.

"Sete días".

Ela repetiu nun murmurio.

A súa mente pasou polos plans que fixera para estar na casa dos pais esta fin de semana para axudar nunha festa de aniversario e comezou a morderse o beizo preocupada.

Observouna detidamente antes de preguntar:

"A túa última pregunta, Susy?"

Ela mirouno con ollos preocupados murmurando:

"Pensei ... quero dicir, supuxen ... umm ..."

Ela miroulle a cara sen ler nada nos seus ollos para axudala a dicirlle que asumira que a súa semana sería unha semana laboral, só cinco días, polo que se atreveu a preguntar:

"¿Os escravos teñen fins de semana gratuítos?"

FIN DA PRIMEIRA PARTE